LEONHARD MICHAEL SEIDL

Finessensepperl

LEONHARD MICHAEL SEIDL

Finessensepperl

Historischer Roman aus München

GMEINER

Bei Fragen zur Produktsicherheit gemäß der Verordnung über die allgemeine Produktsicherheit (GPSR) wenden Sie sich bitte an den Verlag.

Immer informiert

Spannung pur – mit unserem Newsletter informieren wir Sie regelmäßig über Wissenswertes aus unserer Bücherwelt.

Gefällt mir!

Facebook: @Gmeiner.Verlag
Instagram: @gmeinerverlag

FSC www.fsc.org
MIX
Papier | Fördert gute Waldnutzung
FSC® C083411

Besuchen Sie uns im Internet:
www.gmeiner-verlag.de

Im Ehnried 5, 88605 Meßkirch
Telefon 07575/2095-0
info@gmeiner-verlag.de

1. Auflage 2025

Satz: Mirjam Hecht
Umschlaggestaltung: U.O.R.G. Lutz Eberle, Stuttgart
unter Verwendung eines Bildes von: © Public Domain Mark 1.0 Universell. Stadtarchiv München, Signatur: DE-1992-HV-BS-A-05-69
Druck: CPI books GmbH, Leck
Printed in Germany
ISBN 978-3-8392-0874-8

»Joseph Huber wurd ich genannt,
als Finessensepperl wohl bekannt.
Ich komme vom Elysium,
und trage meinen Kittel rum.«

1

Jetzt hocken s' halt wieder beisammen, der Finessensepperl und der alte Meister Flinserl aus der Au, den sie überall den »Flinserlschneider« heißen. Obwohl – so alt ist der Meister Flinserl noch gar nicht, kaum fünfzig; er schaut halt mit den Krähenfüßen unter den Augen so aus.

Die Szene spielt im Ramlo im Kuhgassl, einer einfachen Bierschenke, die auch kleine Speisen anbietet. Besitzer ist seit 1787 der kurfürstliche Kammerportier Philipp Ramleau.

*

Die Uhr zeigt halb sechs am Nachmittag. Draußen ist es bereits dunkel. Lautlos sinkt der Schnee zu Boden.

Gleich wird der Baron Huraxdax mit seinen Musikanten eintreffen und zum Feierabend aufspielen. Es ist ein historisches Datum, denn der Kurfürst ist just an diesem ersten Januar zum König worden.

Der Flinserl blättert im Bairischen Wochenblatt. »Heute Morgen nach zehn Uhr ist der Landesherold, von einer Abteilung der prächtig montierten bürgerlichen Kavallerie begleitet, durch die Straßen der Stadt einhergeritten und hat unter Trompeten- und Paukenschall und fröhlichem Zusammenjauchzen des Volkes, Maximilian Joseph als König von Bayern feierlich ausgerufen!«

»Jetz is also so weit …«, lässt sich der Sepperl nach einem kräftigen Schluck dunklen Bieres aus dem Krug vernehmen.

Meister Flinserl nickt bedächtig. »Jaja, jetz habn wir endlich auch einen Kini.«

»Ja – Maximilian I. Joseph, König von Bayern!«, bekräftigt der Sepperl und gönnt sich eine saftige Pris vom Schmalzler. Er zückt das Sacktuch und schnäuzt, dass die Fensterscheiben tanzen.

»Öha!«, schrickt die dicke Sophie an der Schenk auf, aber das interessiert die beiden Männer nicht besonders. Die Kellnerin ist ein echtes Münchner Gwax und hält so manchen Schauder aus.

»Horch«, sagt der Meister, »was die Tüpferlscheißer wieder zusammenschmieren: In den neubayerischen Landen erheben sich wieder Stimmen gegen die französische Vorherrschaft. Zwischen den Zeilen liest man von der Not und den Sorgen, die dem Volke das französische Bündnis so verhasst machen. Ich sag's dir, alles hat seinen Preis, dass wir uns so an die Franzmänner dranhängen. Wenn die Tiroler gegen die bairische Besatzung aufstehen, seh ich schwarz – ganz und gar dunkelschwarz, da schwör ich jeden Meineid drauf!«

Der Sepperl schweigt sich aus. Er hat es nicht unbedingt mit der großen Politik. Mit der kleinen allerdings auch nicht. Seine Profession ist eine ganz andere, eine würzige, parfümige: Er ist ein Postillon d'Amour, trägt delikate Briefe aus. An die entzückende junge Demoiselle vom alten Herrn Rat, oder von derselben Demoiselle an den Herrn Baron; vom Geheimen Medizinalrat an die hochwohlgeborene Gräfin und wieder zurück – Arbeit gibt es mehr als genug für den Sepperl.

Nebenbei und unter der Hand, versteht sich, liefert er ohne viel Aufhebens erotische Literatur in die Häuser adeliger Damen. Oder konfiszierte Druckwerke an Geheimbünde.

Das ist die Raffinesse, die ihm den Namen Finessensepperl eingebracht hat und die ihn zu einer stillen Berühmtheit in der Stadt hat werden lassen.

Der Sepperl gilt bis in die allerdurchlauchtigsten Kreise als äußerst zuverlässig, denn er hat einen Vorteil, der ihn in seinem Geschäft unbesiegbar macht: Der Sepperl kann nicht lesen.

Noch nicht.

Denn das Lesen hat er bis jetzt nicht gelernt. Wenn es nach ihm geht, wird er es auch nicht lernen.

Es ist ein durchaus einträgliches Geschäft, was er da seit Jahren betreibt. Geld nimmt er nur, wenn es nicht anders geht. Er sehnt sich nicht nach Ruhm und Anerkennung. Was der Sepperl will, sind Naturalien. Da ein Stückl Käs, dort ein paar Pfennigmuckerln, hier eine Handwurst, da fünf Eier, einen Teller Suppe, ein Korb mit Schwammerl oder – wenn's hoch kommt – ein Flascherl Burgunderwein. Damit existiert der Mensch auskömmlich und er darf zufrieden sein.

Seine Delikatessen lagert er in seinen zwei Kammern – drei Stiegen überm Kamin bei der Putzmacherin Barbara Thürmer am Petersplatz Numero neun, inmitten der Stadt.

Auf dem Kopf trägt der Sepperl eine Kappe aus verblichenem schwarzem Samt und dazu ein glänzendes Kreuz um den Hals. Mit seinem Frack ist er ein pfiffiges Gemisch aus Schalk und Gutmütigkeit.

Dazwischen ergattert er vielleicht ein wollenes Hemd oder ein paar gebrauchte Stiefel. Einmal, im Jahr des Herrn 1802, hat ihm einer vom Jägerkorps seinen alten grünen Frack mit einer Reihe gelber Knöpfe und einem gelben Kragen vermacht. Es ist um eine gelungene Heiratssach mit einer Kellnerin gegangen. Die Knöpfe, zerkratzt und nicht mehr sauber, hat ihm seine Freundin wieder aufpoliert. Die Rote Nanni will partout, dass der Sepperl was darstellt – partout!

Überhaupt – die Rote Nanni! Sie ist nicht besonders groß. Das macht aber nix, weil der Sepperl auch nur wenig größer ist.

»Erzähl uns halt noch amal die nämliche Gschicht«, meint er, bevor die Langeweile in den finsteren Ecken vom Ramlo zu knistern beginnt.

»Ja, mei«, sagt der Flinserlschneider mit betrübter Miene. Er weiß genau, was der Sepperl hören will. »Weil ein jeder in der unsrigen Stadt genau weiß, was für ein frommer Mensch dass ich bin, dann ist es halt kommen, wie es hat kommen müssen.«

»Aha«, freut sich der Sepperl und probiert ein frisches Bier, das wiederum, wie alles andere, der gut situierte Flinserlschneider spendiert.

Weil im Augenblick keine weiteren Gäste im Lokal befindlich sind, macht sich's die Sophie auf der Ofenbank gemütlich und hört mit leisem Schmunzeln zu. Sie kennt die Geschichte vom Flinserl fast schon auswendig. Er hat sie an die hundert Mal erzählt, doch die Episode ist so ergötzlich, dass er sie immer wieder vortragen muss.

»Jedenfalls«, fährt der alte Schneider fort, »jedenfalls bin ich wie an einem jeden Tag, gottesfürchtig wie ich bin, mit meinem Betschemel vor dem Kastanienbaum bei der Auer Kirch gewesen, wo das Kruzifix mit dem Blechdachl hängt. Da hab ich mein Gebet an die Schwarze Marie zu Altötting hergesagt – voll Inbrunst, versteht sich!«

»Voll Inbrunst, versteht sich«, kichert die Sophie auf der Ofenbank.

»Und nachher?«, wiederholt der Sepperl.

»Und weil mir die unsinnige Urschl von einer Gretl das nie nicht hat glauben wollen, dass ich jeden Tag um neun Uhr auf d' Nacht vor dem Kruzifix bet', ist sie mir nachgestiegen und hat sich im Baum droben versteckt.«

Der Sepperl nimmt einen Schluck und sagt: »Und du hast natürlich nix gspannt?«

Grad grüabig ist es im Ramlo, obwohl man längst den Ausgang der Geschichte weiß.

Das Ramlo ist ein artiges Wirtshaus für artige Leut und auch für die Soldaten. Die Burschen haben zwar viel Schmalz, aber wenig Geld. Und drum kehren sie gern beim Ramlo mit den erschwinglichen Preisen ein.

Für den kräftigen Hunger gibt es eine Knöcherlsulz oder ein Tellerfleisch. Wer keine Hutzlbrüh, also keinen Kaffee nicht mag, für den wird von der Sophie ein Gabelfrühstück mitsamt einem Glasl Kümmel aufgetragen.

Derjenige, welcher wenig Münzen auf den Tisch legt, kriegt ein Gröstl oder einen Hackfleischbraten aus Bratresten. Dazu werden Fingernudeln vulgo Draade Wichspfeiferl gereicht.

Es ist für jeden was dabei.

Die Wirtsstube ist gemütlich, lediglich drei Tische mitsamt den Stühlen stehen da, aber bis jetzt hat noch ein jeder seinen Platz gefunden.

Eine Besonderheit beherbergt der Ramlo: Er ist die geheime Anlaufstelle für Briefe und Botschaften, die der Finessensepperl auszutragen hat.

Seine Freundin, die Rote Nanni, versucht ihm seit langer Zeit, das Lesen beizubringen, aber weiter als wie zum Buchstaben C sind sie bisher nicht gekommen.

Das hat seinen Grund …

Noch immer aufgebracht nickt der alte Schneider. »Freilich hab ich nix gespannt, weil ich grad so andächtig in der ganzen Beterei drin war.«

»Zur Schwarzen Marie von Altötting«, gickert die Sophie.

»Ja – und nachher bet ich halt so still vor mich hin … und

da hör ich auf einmal eine Stimm aus dem Baum, die wo sagt: ›Ach, Flinserl, lieber Flinserl.‹ Und ich schwör einen jeden Meineid, das sag ich auf Gwehr und Säbelschneid, in dem nämlichen Augenblick hab ich wirklich und wahrhaftig denkt …«

»Dass das die Schwarze Marie ist!«, beschließt der Sepperl den Satz.

»Und nachher«, fährt das brave Schneiderlein treuherzig fort, »nachher hab ich halt ganz vorsichtig gewispert: ›Was willst denn, liebe Marie, mit was kann ich dir zu Diensten sein?‹ Und was macht die damische Urschl von einer Gretl? Sie platzt aus dem Baum raus: ›Du kannst mich am Arsche lecken!‹ So dermaßen laut hat's plärrt, die damische Urschl von einer Gretl, dass man es über den ganzen Kirchhof gehört hat.«

»Und nachher?«, sagt der Sepperl vergnügt.

»Nachher ist sie vom Baum runter und auf und davon, die alte Hex. Wenn ich die erwisch, hau ich ihr meine größte Schneiderschere hint nei, dass d' vorn drei Brezn hinhängen kannst – da schwör ich jeden Meineid drauf!«

»Aber«, will die Sophie wissen, die inzwischen eine Runde Kirschgeist auf den Stammtisch gestellt hat – ein doppelter für sie ist auch dabei –, »aber was hast denn nachher für ein Gebet hergsagt, zur Schwarzen Marie?«

»Sag ich net«, bockt der Flinserlschneider.

»Soll's ich sagen?«, grinst der Sepperl und zuzelt am Kirsch.

Der Flinserlschneider richtet sich auf, kippt den Schnaps in die Gurgel und erklärt mit fester Stimme: »Ich hab gebetet, dass die Metzgerfrau vom Zacherl der Blitz beim …«

»Das wiss ma schon«, winkt Sophie ab. Es muss durchaus nicht alles gesagt werden, was gesagt werden kann.

»… weil mir die Metzgerfrau vom Zacherl allerweil ein

Deka zu wenig Bierwurst gibt. Allerweil genau ein Deka … genau zehn Gramm! Das macht das Luderviech akk'rat mit Fleiß! Und deszwegn soll's der Blitz treffen, wo uns hinten der Herrgott gespalten hat.«

»Pass Obacht, Schneider, vielleicht ist die Metzgerfrau vom Zacherl am Rindermarkt mit dem Zacherl vom Nockherberg verwandt«, meint der Sepperl süffisant und lässt jeden Buchstaben sanft aus dem Munde rinnen.

Genau in dem Moment schwingt die Wirtshaustür auf und der Baron Huraxdax Sulzbeck marschiert mit seiner Bagage herein und steht auf einmal vor dem Finessensepperl.

»Ich brauch deine Hilfe«, sagt er.

»Zweng was?«

»Zweng meiner Nase.«

Dazu muss gesagt werden, dem Sulzbeck seine Nase ist ein beachtlicher Gesichtserker. Der Rüssel ist rot, groß und mit schwarz behaarten Warzen bestückt. Zupft der Sulzbeck auf seinem Bass, spielt die Nase ein Solo. Sie wackelt auf und ab und hin und her.

Der Sepperl nimmt einen Schluck Bier. »Soll ich dir eine neue machen?«

»Iwo«, sagt der Sulzbeck. »Der Pfleglein gibt mir fünfhundert Gulden, wenn ich sie ihm verkauf.«

»Fünfhundert Gulden?«, schnauft die Kellnerin Sophie an der Schenk.

»Der Professor Doktor Pfleglein … ist das net der berühmte Münchner Chirurg?«

»Ja. Der will meine Nase.«

Der Sepperl studiert von Ferne den Zinken vom Sulzbeck. »Und ich soll dir die Hand halten, wenn sie der Pfleglein abschneidet?«

»Iwo. Ich brauch dich als Zeugen.«

»Als Zeugen?«

»Ja.«

»Du weißt aber schon, dass ich nicht lesen kann.«

»Das macht nix«, sagt der Sulzbeck, indem er den dreisaitigen Bass in Position bringt. »Lesen kann ich selber. Ich brauch dich als Zeugen. Zusätzlich, verstehst.«

»Versteh«, nickt der Sepperl.

»Kriegst eine Brotzeit und zwei Maß Bier.«

»Drei«, sagt der Sepperl.

»Von mir aus drei.«

»Gut«, nickt der Sepperl, »drei und eine Brotzeit. Dann geh ich mit zum Pfleglein und halt dir die Hand.«

Sulzbeck ist zufrieden. Das wäre geklärt.

Er hebt die Hand und gibt den Einsatz für ein Couplet. Seine Männer, der Flötist Straubinger, der Sänger und Violinspieler »Canapé« sowie der Harfenzupfer Bacher brummen fröhlich mit:

»Dort is der Nockherberg,
der wo am Zacherl ghört,
da gibt's a guates Bier …«

Drauf setzt der Herr Kapellmeister die Trompete an die Lippen und lasst einen Ton heraus, der, na ja, der klingt wie der Darmwind von einem alten Hund. Das, was er da zusammenjault, ist sein berühmt-berüchtigtes Krugdeckel-Klapplied in einer verbogenen Instrumentalfassung.

Bei den letzten Takten wischt die Rote Nanni bei der Tür herein. Sie wirft ein paar Briefe auf den Tisch und trinkt hastig vom Bier. Die Nanni hat rote Backen, weil sie schnell gelaufen ist. »Musst fort, Sepperl, dich verstecken. Gleich kommen die Schandarm.«

»Wer?«, sagt der Sepperl.

»Die Schandarm!«

Sophie ist bereits auf den Beinen. »Da naus!«, sagt sie und zeigt auf die niedrige Tür, die zum Hinterausgang führt.

Der Sepperl nimmt noch einen Schluck, drückt der Nanni einen Schmatz auf die Backen und stürzt davon.

»Was hat er denn wieder angstellt?«, will der Flinserlschneider wissen.

»Einen verkehrten Brief soll er austragen haben«, sagt die Nanni leise.

»Einen verkehrten Brief?«

»Ja. Da war ein Zirkel drauf, und ein Winkelmaß.«

Da wird der Schneider still. »Das Freimaurerzeichen …«

Die Tür wird aufgerissen. Ein schneller Auftakt vom Sulzbeck. Eine dermaßen laute Polka hebt an, dass es den Gendarmen vom Münchner Polizeikordon die Ohren anlegt. Sie sehen den Flinserlschneider, die Sophie und die Rote Nanni, die am Stammtisch Karten klopfen. Und den Baron Sulzbeck samt seiner Bagage.

Bloß den Finessensepperl – den sehen sie nicht.

2

Sie haben ihn dann doch erwischt, denn an der Hintertür vom Ramlo wartete ein baumlanger Gendarm mit gezogenem Säbel.

Eine schwache Stund später hockt er im Criminal-Verhörzimmer im Rathaus am Schrannenplatz beim Stadtrichter, die Hände mit einem kräftigen Strick gefesselt.

Treuherzig schaut der Sepperl den Beamten an.

»Kennst mich noch?«, sagt er vergnügt. Dem Richter, Kaspar Fuchs, ein von der Podagra geschlagener Jurist und auch sonst nicht so ganz unbeleckt von der Welt da draußen, mustert ihn schwitzend. Es ist dem kaum sechzigjährigen rotbackigen Herrn anzusehen, wie zuwider ihm die Begegnung ist. Der Sepperl hat ihm in der Vergangenheit so manchen verschwiegenen Dienst erwiesen, um dessen Spielsucht und die daraus resultierenden Verbindlichkeiten abzugelten. Jedoch, dem Gesetz ist Genüge zu tun. Dieser Imperativ steht über allem. Fuchs richtet den Stehkragen und beginnt mit kühler Stimme zu fragen. Katharina, die Ehegemahlin des Richters, fungiert, weil der Schreiber erkrankt ist, im Hintergrund als Schriftführerin und notiert die Antworten.

»Hauptname, Vorname?«

»Huber Joseph, geboren im Jahre des Herrn 1763 zu München.«

»Profession?«

Der Sepperl schnauft ungehalten: »Jetz hörst aber auf, Herr Rat. Seit wie viel Jahr trag ich dir jetz schon die Briefe aus – solche und solche und auch ganz und gar andere solchene?«

Dem Rat Fuchs rinnt der Schweiß in den Kragen. »Schreiber, notieren: Joseph Huber, genannt Finessensepperl, Austräger von Briefen allhier und so fort.«

»Außerdem bin ich Leichenbitterer, Streitschlichter …«

Der Richter hebt die Hand. »Jaja, ich kenn dich und weiß, was du machst. Dennoch muss ich dich fragen, was es mit diesem Brief auf sich hat.«

Damit hebt er ein dürr beschriebenes Blatt in die Höhe. Der Sepperl linst darauf und hebt die Schultern.

»Lesen hab ich nicht gelernt, Herr Rat. Das weißt doch.«

Der Hohe Herr nickt unzufrieden. »Eine andere Frage: Wo hast du den Brief abgeholt und zu welcher Adresse hast du ihn ausgeliefert?«

»Lass deinen Mund verschlossen sein«, sagt der Sepperl bedeutungsvoll, »dann schluckst du keine Fliege ein!«

*

Für einen kurzen Augenblick verliert sich Fuchs in eine unangenehme Begegnung, die er am frühen Morgen hatte. Ein hagerer Mann in der Uniform eines Colonels, mit einem langen Gesicht und scharfen Gesichtszügen hatte sich bei ihm eingefunden. Seine Stimme hatte den typischen Kasernenhofton.

»Herr Stadtrichter, es gehen bestimmte *Lettre* … Briefe herum. Wir haben in den letzten Wochen insgesamt vier Morde an französischen Soldaten zu verzeichnen. Können Sie das erklären?«

»Wie war noch gleich Ihr Name, Herr …«

»Martin Moreau …«

»Nein, Herr Moreau, das kann ich nicht.«

»Stimmt – Ihre Unfähigkeit ist stadtbekannt!«

»Darf ich fragen«, sagte Fuchs wenig beeindruckt, »in welchem Auftrag Sie kommen?«

»Im Auftrag Napoleons.«

»Von welcher Behörde?«

»Ich bin der neue Stadtkommandant.«

»Aha ...«

*

Martin Moreau, geboren am 1. April 1765 in Morlaix; jüngerer Bruder des berühmten Generals Jean-Victor Moreau. Bei der Schlacht von Hohenlinden am 3. März 1800 ist er dabei und bleibt in Bayern. Ab 1. Januar 1806 ist Martin Moreau Stadtkommandant von München.

Colonel Moreau leidet sehr unter dem erfolgreichen Bruder. Seine Minderwertigkeitskomplexe kaschiert er mit überzogener Härte und auswuchernder Arroganz.

*

»Stadtkommandant?«, hatte der Stadtrichter wiederholt, weil Moreau auf seine Worte nicht eingegangen war.

»Ich befehle Ihnen, uns bei der Suche nach den Mördern meiner Kameraden zu unterstützen. Sie tun lediglich Ihre Pflicht.«

Kommt halt drauf an, *wie* sie ihre Pflicht tun, dachte Fuchs, sagte dann: »Sie haben mir nichts zu befehlen, Moreau! Bitte nehmen Sie das zur Kenntnis!«

»Das sehe ich anders, Sie Kretin!«

»Damit das klar ist, Herr Moreau: Ich bin ein hier in München angesehener und erfahrener Stadtrichter. Sie haben mir gegenüber keinerlei Befehlsgewalt! Verlassen Sie mein Büro!«

Moreau hatte einfach weitergesprochen.

»Wir vermuten die Mörder in den Reihen rebellischer Bauern.«

Daraufhin war Fuchs sehr ruhig geworden – und betont einsilbig.

»Unsinn!«

»Ich befehle Ihnen, die Suche nach den Lettres dringend zu intensivieren.«

»Welche?«

»Lettres séditieuses … aufrührerische Briefe gegen Kaiser Napoleon«, bellte Moreau. »C'est très dangereux! Falls Ihnen ein solches Pamphlet in die Hände fällt, benachrichtigen Sie mich unverzüglich – compris?«

»Peut-être … vielleicht.«

*

Der Sepperl besinnt sich eine Weile, sagt dann spitzbübisch: »Herr Rat, wo ich den Brief abgeholt und wo ich ihn hingebracht hab, das kann ich dir nicht sagen.«

»Warum denn nicht, Herrgott noch mal?«

»Is scho so lang her …«

»Soso. Und wie lang?«

»An einem Sonntag war's.«

»An was für einem Sonntag?«

»Im Mai.«

»Was?«, entsetzt sich der Richter: »An einem Sonntag im Mai?«

»Wenn ich's doch sag, Herr Rat.«

Kaspar Fuchs wirft einen verzweifelten Blick hinüber zu Katharina, die in Vertretung des erkrankten Schreibers das Protokoll führt.

»Mein lieber Sepperl, wir schreiben den Januar 1806.«

Der Sepperl nickt verzweifelt: »Dann war es vielleicht im Mai 1805. Das ist lang her.«

»Ja«, nickt Kaspar Fuchs enttäuscht, »das ist wahrlich lang her. Da fragt man sich schon, wie der Brief erst jetzt auftaucht. Dennoch musst du dich besinnen ...«

Der Sepperl unterbricht ihn bedauernd: »Besinnen? Schau, Herr Rat, ich steh jetzt im sechsunddreißigsten Lebensjahr. Langsam lasst bei mir das Hirn aus.«

Gackernd lacht Fuchs: »Wenn bei jemand das Hirn *nicht* auslasst, dann ist es beim Finessensepperl. So viel steht fest!«

»Dank schön, Herr Rat, für die Löblichkeit.«

Eine Pause entsteht, während der Richter das linke Ohr einer gründlichen Inspektion unterzieht und begeistert das Ergebnis betrachtet.

»Kommen wir zurück zum Brief. Den Inhalt kennst du nicht, weil du, wie du angibst, nicht lesen kannst. Sic tantum bonum. Doch oben am Rand des Blattes sind Winkelmaß und Zirkel angebracht. Kannst du dir vorstellen, was das bedeutet?«

Freilich kann er das, der Sepperl, aber er gibt es nicht zu.

»Eine Kinderzeichnung«, sagt er ungeduldig. Ihn zieht es zurück zum Ramlo, zur Nanni und zum Bier, doch daraus wird wohl heute nichts mehr.

Der Richter mustert ihn streng. »Dann will ich dir erklären, was Winkelmaß und Zirkel bedeuten, horribile dictu: Es sind die Zeichen der Freimaurer.«

»Maurer?«, grinst der Sepperl: »Das soll mir recht sein. Der Maurer ist ein angesehener Beruf. Bloß manchmal saufen s' halt recht, die Maurer. Ich kenn da einen, den sie den Maurerhansl heißen, der wohnt draußen in Giesing, der trinkt an einem Tag normalerweise seine Struckra achtzehn Maß, und wenn's ein heißer Tag ist und die Sonne brennt scharf herunter, dann packt er sogar ...«

»Silentium!«, brüllt der Richter mit hochrotem Kopf. Was interessiert ihn der damische Maurerhansl aus Giesing?

Er wirft einen Blick zur Zimmerdecke, als wollte er sagen: Herr, beschütze mich vor so viel Einfältigkeit. »Die Freimaurer«, fährt er mit nachdrücklicher Stimme fort, »wie auch die Illuminaten sind nicht mehr so gern gesehen im Königreich Bayern. Obwohl unser König, Max I. Joseph, Gott schütze ihn, ehemals selber einer war. Diese Leute agieren im Untergrund, treffen sich in geheimnisvollen Logen; man hört von esoterischen Riten. Kein Mensch weiß, was sie dort treiben. Das alles ist höchst affrös.«

Die Tür geht auf, herein tritt die Tochter des Hauses, die kaum dreißigjährige Franziska. Mit einem flüchtigen Blick mustert sie die Anwesenden und wendet sich der Mutter zu: »Ich geh dann«, sagt sie wenig freundlich.

»Gehst wieder zum Voltaire?«, will die Mutter wissen, doch das hört Franziska nicht mehr.

»Von mir aus«, mault der Sepperl nun, den das alles überhaupts rein gar nicht interessiert. Nur die Franziska, das Töchterl – die hat was, die – wär er ein paar Jahre jünger – tät ihm schon gefallen. Sie zeigt eine ansehnliche Üppigkeit, dunkle, forschende Augen und feines, hochgestecktes Haar. Die Kleidung ist bescheiden.

Doch die Nacht steht vor den Fenster, und der arme Kerl hat einen fürchterlichen Kohldampf.

Dem Stadtrichter steigt eine Zornesfalte auf die Stirn.

»Brevi manu: Dieses Corpus delicti enthält verdächtige Zeichen. Sehr verdächtige Zeichen, ganz abgesehen vom vordergründig harmlosen Inhalt. Und ein jeder, der damit in Berührung kommt, ist gleichermaßen verdächtig. Und weil du damit de facto auch verdächtig bist, bleibt mir nichts anderes übrig, als dich einzusperren.«

»Was?«, entsetzt sich der Sepperl. Ihm rennt das Herz in die Hose. »Du willst mich einsperren, wegen einer seelenguten Kinderzeichnung?«

Nun kehrt Kaspar Fuchs die Obrigkeit hervor: »Kraft meines Amtes bestimme ich, dass du so lange in der Arrestzelle bleiben wirst, bis sich die Angelegenheit aufgeklärt hat.«

Der Sepperl muss husten, verschluckt sich. Als er wieder reden kann, sagt er: »Und wie lang soll das dauern?«

»Pro forma: drei Tag. Abführen!«

Wie der Sepperl draußen ist, tritt Katharina an des Richters Tisch.

»Kaspar, das kannst nicht machen«, sagt sie düster. »Denk an den Säger von Sendling.«

»Aber ich muss!«, fährt er auf, wohl ahnend, dass er gegen seine kluge Frau wie so oft den Kürzeren ziehen wird. Demnächst muss der Schreiber wieder her, der nur schreibt und ansonsten das Maul hält. So kann es jedenfalls nicht weitergehen.

Kaspar Fuchs steckt sich eine Zigarre an und bläst den Dampf in die stickige Luft des engen Gerichtszimmers.

»Nein. Musst du nicht!«, sagt Katharina und öffnet das Fenster. »Der Sepperl soll dir doch bei der Suche nach dem Säger von Sendling helfen. Und der Sulzbeck braucht ihn für seine Nase.«

Fuchs pafft und schweigt.

»Und überhaupt: Wer soll gewisse delikate Briefe austragen?«

»Woher kennst denn du die delikaten Briefe?«, sagt er, um vom Thema abzulenken, aber er kommt nicht weit.

»Ich mein ja bloß«, entgegnet Katharina, die ihren Gatten auch im Nachtgewand und nicht nur als Amtsträger kennt. »Wenn ich dran denk, wie du dich echauffiert hast, wie dir die Geschichte mit der Demoiselle passiert ist … Wie war doch gleich ihr Name?«

Fuchs pafft nicht mehr. Die Zigarre verglüht im Ascher. Der Geschmack an dem Rauchwerk ist dem Herrn Rat nun endgültig vergangen.

»Deo volente: zwei Tag!«

»Einen – und nicht mehr!«

»Von mir aus«, grunzt er müde.

Katharina lächelt still. »Das ist gscheit. Aber wegen der Demoiselle müssen wir noch reden.«

»So ein Schmarrn!«, poltert Fuchs.

»Oder«, sagt Katharina mit einem süßen Unterton in der Stimme, »ich red lieber gleich mit dem Sepperl. Vielleicht weiß der was.«

Kaspar Fuchs reicht es: »Der Sepperl weiß garantiert nix. Weil der nämlich nicht lesen kann.«

»Aber Augen hat er und Ohren auch …«

Das hört der Herr Rat nicht gern. Er will zum Rosenwirt am Rindermarkt. Dort erwartet ihn seine Lieblingsspeis, ein Rostbraten auf Münchner Art sowie ein paar Maß Bier. Man ist ja schließlich auch bloß ein Mensch, denkt er und haut die Tür hinter sich zu, dass es kracht.

Katharina Fuchs wartet, bis sie allein ist. Auf dem Kuvert liest sie den Adressat: »SG«. Als Absender steht da: »QH«. Keine Ortsangabe, keine Straßennamen.

Katharina öffnet den Umschlag und studiert die wenigen Zeilen, verfasst in spitzfedriger Kurrentschrift: *Treffen 1.d.M. ½ 9 Uhr VOLTAIRE. Gleich verbrennen.*

Katharina besinnt sich kurz. Ist das nicht heute, der 1. Januar?

Was verbirgt sich hinter der Nachricht? Wer ist SG? Wer ist QH? Das »Voltaire« ist ein stadtbekanntes Künstlerlokal, in dem jeder verkehrt, der sich zu Höherem berufen fühlt.

Und, nicht zuletzt: Was wird dort besprochen und wer ist anwesend? Man müsste das Gasthaus in der Neuhausergasse am Abend aufsuchen und Mäuserl spielen ... Aber das geht halt nicht, weil da eine alleinige Weibsperson gleich auffällt.

Dreimal liest Katharina Fuchs das Schreiben, ohne daraus klug zu werden. Sie legt es zurück in den Umschlag, verschließt ihn sorgfältig und gibt ihn zu den anderen Briefen in den großen Eichenschrank.

Dann eilt sie hinaus, um dem Gerichtsdiener zu sagen, dass er den Finessensepperl zu ihr in die Wohnung bringen soll.

4

Katharina schenkt sich ein Glas vom Kräuterlikör ein. Versonnen blickt sie von der guten Stube hinunter auf den schneebedeckten Garten. Die beiden Brunnen sind jetzt im Winter nicht in Betrieb. Seit ein paar Jahren gehört das Thürlbaderhaus in der Lederergasse dem Wundarzt Anton Pitzl. Man kann vorn hinein und bei der Münzgasse am Bräuhausbach wieder hinaus. In der dritten Etage lebt der kurfürstliche Hoftheater-Dekorationsmaler Johann Dominicus Quaglio, mit dem man gut Freund ist. Neben dem Thürlbaderhaus befindet sich, zu Katharinas Leidwesen, die Restauration »Zur Scholastika«.

Die Wohnung der Familie Fuchs besteht aus vier Zimmern: ein Schlafraum für die Eheleute, ein Raum für Tochter Franziska, die Stube, die Küche, wo Centa, der gute Geist des Hauses werkelt. Zu den Festtagen kommt manchmal ihr Bub, der Sixtus, auf Besuch.

Centa Grindler wird bald fünfzig. Beim langen Stehen in der Kuchl schmerzen der schlichten Frau mit den breiten Hüften die Beine. Dann muss sie sich hinsetzen und warten, bis es besser wird.

Die kurzen Pausen sind nicht gut. Jedes Mal muss sie an Sixtus, denken. Er arbeitet als Holzknecht draußen beim Grafen Bernecker. Der Sixtus war schon als Kind ein wilder Geselle. Hat Frösche zerquetscht und den Mädchen die Röcke angezündet. Lernen hat er nix wollen und seiner

Mutter wenig Freude gebracht. Und der Vater war ein Fallot, ein Lump, der gleich nach der Geburt davon ist.

Ächzend erhebt sich Centa und wendet sich wieder ihrer Arbeit zu.

*

Katharinas Blick fällt auf die Wand über der dunklen Eichenholztruhe. Auf halber Höhe hängt das Abbild ihres Vaters, daneben, etwas kleiner, das ihrer Mutter.

*

Maximilian Ablhahn, der im Tal eine angesehene Gewürzhandlung mit ausgesuchten Spezereien aus aller Herren Länder besessen hatte, war ein strenges Familienoberhaupt gewesen, das die Familie, deren geräumige Wohnung im Obergeschoss des Hauses gelegen hatte, mit liebevoller Hand durchs Leben führte. Man besaß eine Pferdezucht, draußen bei Tölz, herrschte über drei Dienstmädln, eine Köchin und zwei Bediente. Jede Woche kam eine Gouvernante, die die insgesamt acht Kinder, die heranwuchsen wie die Orgelpfeifen, in allen wichtigen Fächern unterrichtete.

Katharina hörte etwas über Malerei und Literatur, versuchte sich an der Neapolitanischen Mandoline und – natürlich – erlernte das Mädchen die Grundlagen der Haushaltsführung.

Die Eltern erzogen die Kinder streng religiös. Täglicher Kirchgang und die wöchentliche Beichte gehörten zu den selbstverständlichen Pflichten. Keuschheit galt als oberstes Gebot. Liederliches Herumtreiben auf den Gassen war strengstens untersagt, ebenso unsittliches Tun.

Dennoch – in der Rückschau war es eine gute Zeit gewesen, damals, als noch alles in Ordnung war.

Franziska Ablhahn, die Mutter, hinter ihrem Rücken spöttisch »die Ablhenn« genannt, konnte, da sie ständig in anderen Umständen war, dem Vater wenig zur Hand ging. Sie war eine einfache Frau, aus dem Niederbayrischen gebürtig. Sie war in der großen Stadt zu keiner Zeit heimisch geworden.

Bei Katharinas Geburt, ihrem achten Kind, starb Franziska Ablhahn am Kindbettfieber. Kaum ein Jahr später stürzte Maximilian beim Ausritt vom Pferd und brach sich das Genick.

Als junge Frau lernte Katharina den angehenden Juristen Kaspar Fuchs kennen. Es war nicht unbedingt eine Liebesheirat, doch war Katharina froh, unter die Haube zu schlüpfen. Es dauerte dann doch noch etwas, bis Tochter Franziska, benannt nach der Großmutter, das Licht der Welt erblickte.

*

Vor Katharina auf dem Tisch liegt ein Traktat des Predigers Abraham a Sancta Clara, das ihr der Augustinerpater Demlinger neulich überreicht hat. Versehen mit einem kostbaren Schweinsledereinband, hat es vier goldfarbene Einmerkbänder. Aufgeschlagen ist ein Kapitel mit der beziehungsreichen Überschrift »Der Sauf-Narr«, das Katharina inzwischen auswendig kennt:

»Das verfluchte Laster des Vollsaufens und der Trunkenheit bringet den Menschen in die abscheulichste Sünd und Laster und endlich mit Leib und Seel in das Verderben.«

Dabei muss sie an ihren Kaspar denken, der mitunter einen Schoppen zu viel heimbringt.

Gerade leert Katharina ihr Glas und will nachschenken, da klopft es an der Tür und der Gerichtsdiener führt den Sepperl herein, die Kappe in der Hand.

»Untertänigst, Frau Stadtrichter«, sagt er mit einem unsicheren Grinsen auf den Lippen. »Was verschafft mir die Ehr?«

»Ich will nicht lang drum herumreden«, sagt sie. »Setz dich da in den Stuhl und hör zu.«

Sie gießt ihm ein Glas ein, an dem er zuzelt, während sie redet.

»Ich hab den Brief gelesen, den die Gendarmen bei dir beschlagnahmt haben. Den Text versteh ich nicht, Absender und Adressat ebenfalls nicht.«

Der Sepperl schleckt sein Glas mit langer Zunge bis auf den letzten Tropfen aus.

»Kennst du das Voltaire im Hirschbräugassl? Soll jetzt ein Künstlerlokal sein«, sagt sie nach einer kleinen Pause.

»Im Hirschbräugassl? Kenn ich – war früher der Adlerwirt, eine zusammengehauste Bierwirtschaft. Ist jetzt aber eine gute Adresse. Warum fragen Frau Stadtrichter?«

»Im Voltaire sollen sich heut Abend gewisse Leute treffen«, sagt sie statt einer Antwort.

»Gewisse Leut?«, meint der Sepperl verständnislos.

Katharina erhebt sich, streicht den Rock zurecht. »Und da gehen wir jetzt hin. Ich will wissen, was hinter der Sach steckt.«

»Könnten Frau Stadtrichter da nicht ohne mich … ?«

Katharina schüttelt den Kopf. »Nein – eine Frau allein – das fällt auf und die Leut reden. Also: Pack ma's!«

5

Sie betreten das »Voltaire« im Hirschbräugassl gerade noch zur rechten Zeit. Beinah hätten sie keinen Platz mehr bekommen, denn das Lokal ist bumsvoll. Die Schank thront mitten im Raum, an den Wänden hängen Bilder berühmter und weniger berühmter Kunstmaler und Grafiker, dazwischen gerahmte Verse aufstrebender Poeten. Zwei Tische weiter deklamiert eine junge Schauspielerin die Zueignung aus Goethes Faust: »Ihr naht euch wieder, schwankende Gestalten, die früh sich einst dem trüben Blick gezeigt ...«

Für ihren Vortrag kriegt sie leider nur spärlichen Applaus, weil man kaum den Text versteht. Die Kellnerinnen flitzen mit den Bierkrügen, die von den Schankburschen hurtig wieder gefüllt und weitergereicht werden. Über all dem zieht der Tabakqualm bis zur verräucherten Decke hinauf. Weiter drüben plärrt ein schwitzender Bursch beim Tarock, die Zigarre im Maul und den Hut in den Nacken geschoben: »Und nachm Herzsiebner, da kimmt der Achta ...«

Nach dem ersten Schluck aus dem Krug spähen sie hinüber zum Nebenzimmer.

»Schau, Sepperl«, sagt die Frau Stadtrichter, »da hängt ein Schild an der Tür: *Philosophischer Zirkel*, an der nächsten Tür: *Literarischer Salon*. An der nächsten: *Politischer Kreis*. Und an der letzten: *Abort*.«

Der Sepperl nickt zu alledem.

»Ja«, sagt Katharina betrübt, »und da irgendwo ... da ist auch meine Franziska drin.«

Schweigend hocken sie da, inmitten des Trubels. Endlich fasst Katharina sich ein Herz: »Ob du vielleicht amal hineinschaun magst, in eine Tür?«

»Zwecks dem Brieferl, wo der Herr Stadtrichter beschlagnahmt hat?«

»Nein«, sagt Katharina. »Wegen meiner Franziska.«

Der Sepperl steht auf: »Trinkens mir derweil mein Bier net aus, Frau Stadtrichter. Ich bin gleich wieder da.«

Katharina Fuchs sagt nichts; ihr schlägt das Herz bis zum Hals.

Was geschieht in einem Philosophischen Zirkel? Sind da bloß Mannspersonen dabei oder dürfen da auch Weiberleut hinein? Was denkt die Bürgerschaft, wenn sich das herumspricht? Und was passiert, wenn ihre ahnungslose Tochter in die Fänge politischer Demagogen gerät?

Um welche Lektüre geht es in einem Literarischen Salon? Vielleicht gleich gar was gegen den Napoleon? Vielleicht um unsittliche Druck-Erzeugnisse mit unanständigen Bildern. Oder um etwas, das die arme Franziska später beim Pater Demlinger zu beichten hat? Wenn ihr ein französischer Kavalier den Kopf verdreht und ihr einen Balg anhängt, bevor er zurückkehrt in seine Heimat?

Das alles bedenkt die ehrengeachtete Frau Stadtrichter mit krauser Stirn, während sie hastig einen Schluck nimmt und mit banger Miene auf die Rückkehr vom Sepperl wartet.

6

Den Sepperl bekümmern solche Fragen nicht.

Lautlos ist er durch eine Tür geschlüpft. Er befindet sich im Philosophischen Zirkel. Dort wird grad heftig diskutiert. Der Sepperl kennt sich nicht aus und muss warten, bis er ein paar Sätze versteht. Offenbar geht es um Menschen in einem fernen Land, denen Böses widerfahren ist und über die der Franzos was aufgeschrieben hat. Eine grauslige Angelegenheit.

Ein junger Mann mit zotteligem Haar in einem verblichenen Anzug steht am Rednerpult und spricht mit erhobenem Zeigefinger. »So spricht Meister Voltaire: Kommt es euch wohl zu, Menschen zu verbrennen, weil sie von einer Rasse abstammen, die ehemals ein kleines steiniges Land in der Nähe der syrischen Wüste bewohnte? Was schert es euch, ob ein Mann eine Vorhaut hat oder nicht, oder ob er seine Osterandacht bei Vollmond im April hält oder am Sonntag darauf?«

Das ist dem Sepperl zu viel. Man mag ihn gern für naiv und unwissend halten – aber er weiß nix von fremden Völkern; er kennt sich nicht aus damit, und er mag sich auch nicht einmischen in die Religion, denn um die geht es offensichtlich. Er hat seinen Herrgott, er ist ein einfacher Mann, und dabei soll es bleiben.

Verwirrt schüttelt er den Kopf. Während der junge Herr vorn am Pult sich weiter über die Ungerechtigkeit in der Welt ereifert, verlässt der Sepperl leise den Raum.

Wenig später hat er es sich unbemerkt im Literarischen Salon auf einem Schemel kommod gemacht. Erstaunt lauscht er den Worten von Franziska Fuchs, die hochgewachsen dort vorn steht.

»Ihr, meine treuen Zuhörer. Ich freue mich, dass Ihr meiner Einladung zum Weiberbund gefolgt seid. Ich möchte euch heute meine lyrische Bearbeitung der *Auferstehung* – frei nach Friedrich Gottlieb Klopstock – vorstellen. Hernach können wir darüber reden.«

Franziska richtet ihr Haar, klettert auf einen niedrigen Schemel, ein beschriebenes Blatt Papier in der Hand und räuspert sich:

»Aufstehn, ja aufstehn wirst du,
Weib – nach kurzer Ruh –
Unsterbliche Weisheit
Wird, der dich schuf, dir geben –
Halleluja!«

Der Kunstmaler Egidius Painterl, ein spindiges Leichtgewicht mit bleichen Gesichtszügen und ebensolchem Haar, hebt den dürren Zeigefinger: »Das hat der Hackstock aber anders gemeint …«

Der Gidi haust in der Dachschräge des Zinshauses von Katharina Fuchs in der Prannergasse, natürlich ohne Miete zu bezahlen. Der blasse Kerl hat die Dachschräge zum Atelier umgestaltet und malt dort älplerische Dirndl – freilich ohne Dirndl und ohne Unterwäsch.

Oder er bannt üppige Münchner Bürgersfrauen in natura auf die Leinwand, wie zum Beispiel die Franziska, die ihm die Unterkunft verschafft hat, ohne dass die Mama davon weiß. Der Gidi hat es schon lange auf die Franziska abgesehen, aber sie traut sich nicht so recht, ihm Modell zu liegen. Man weiß ja nie, wie lebensecht so ein Gemälde wird, und am End erkennt man hernach das Gesicht …

Seine frivolen Erzeugnisse verkauft der Painterl unter der Hand auf den Dulten und lebt prächtig davon.

Derweil spricht Franziska Fuchs mit kräftiger Stimme weiter: »Das Weib, wie ich es verstehe, muss sich mithilfe der hohen Literatur aus der Unterdrückung des Mannes lösen. Es kann nicht sein, dass die Frau ihre Kinder allein aufziehen muss, weil der Mann im Wirtshaus herumhurt und das Geld verspielt. Es kann nicht sein, dass die Frau jedes Jahr ein Kind zur Welt bringen muss, bis sie an Erschöpfung stirbt. Es kann auch nicht sein, dass …«

In diesem Augenblick wird die Tür aufgerissen und ein Trupp Gendarmen von der Münchner Stadtpolizei stürmt in den Literarischen Salon.

Die junge Frau aber redet tapfer dagegen an: »Ich fordere Freiheit, Gleichheit, Brüderlichkeit …«

Der Gendarm Daxenberger, ein kleiner, rundlicher Mann, Besitzer eines gewaltigen Knödelfriedhofes, legt ihr schwer die Hand auf die Schulter.

»Es langt!«, sagt er ruhig. »In unserer Stadt werden keine umstürzlerischen Reden nicht gehalten, das merkst dir!«

Franziska, die versucht, sich freizumachen, möchte gern weiterreden, doch der Gendarm packt sie fester, zerrt sie in Richtung Tür.

»Das ist ja unerhört!«, empört sich eine mittelalte Matrone aus dem Publikum. Sie reckt ihren Parapluie in die Höhe und drischt ihn dem Daxenberger auf den Tschako. Ein lautstarker Tumult ist die Folge, den der Sepperl nutzt, um blitzschnell zu verschwinden.

Wenig später hockt er wieder bei Katharina Fuchs am Tisch. Sie schaut ihn fragend an. Er schnauft und gönnt sich einen großen Schluck Bier.

»Leut gibt's«, meint er kopfschüttelnd, »die gibt's gar net.«

Dass das Töchterl im Literarischen Salon kämpferische Reden zu den Frauenrechten gehalten hat, darf Frau Stadtrichter niemals nicht erfahren. Der Sepperl will unbedingt vermeiden, dass sie im »Voltaire« einen Herzkasperl erleidet. Vermutlich wird Franziska verhaftet und muss vor dem Stadtrichter, ihrem Papa, in Ketten erscheinen. Das langt mindestens für einen Schwächeanfall und einen längerfristigen Kuraufenthalt in Meran für die geplagte Mama.

»Die Gendarmen …?«, fragt Katharina, doch der Sepperl hat ausgetrunken und steht auf. »Frau Stadtrichter, ergebenst, das ist keine Gesellschaft da herinnen für Frau Stadtrichter.«

Katharina Fuchs wirft ein paar Münzen auf den Tisch und erhebt sich.

»Aber -«, wendet sie ein, doch der Sepperl ist bereits an der Tür. Hastig verlassen die beiden das »Voltaire«.

Keine Sekunde zu früh. Der Gendarm Daxenberger hat die Matrone am Ohrwaschl gepackt, niedergerungen und ihren Parapluie zertreten.

Seine Kollegen nehmen Franziska Fuchs in die Mitte und führen sie hinaus, wo schon der Zeiserlwagen wartet.

Von der nahen Kirche schlägt es Mitternacht.

*

Was der Sepperl in dem ganzen Trubel nicht gemerkt hat: Hinter einer Säule ist die Nanni, seine Freundin, gesessen – im Literarischen Salon – und hat der Ansprach der Ersten Vorsitzenden des Münchner Weiberbundes ganz genau zugehört …

7

Zur gleichen Stunde hockt Stadtrichter Fuchs bei der Scholastika, einem nicht grad respektablen Wirtshaus, bei einem scharfen Tarock. Mit dabei ist Dr. Matthias Pirchmoser, Freund und Hausarzt der Familie, wohnhaft im Haus des angesehenen Lebzelters Kriegl im Rosental; dazu Wastl Bonleitner, Zimmermann aus Sendling, sowie der Adjunkt Heininger.

Bonleitner, ein kräftiger gerade gewachsener Mann mit starken Armen und einem festen Stand, hat Neuigkeiten.

Der Säger, erzählt Bonleitner, hat in der vorigen Nacht wieder zugeschlagen. Ein Holzgerüst, das der Kollege Gassner aufgebaut hat, ist angesägt worden und gleich zusammengefallen.

»Die Leut meinen, das war wieder der Säger von Sendling. Ein Gespenst!«

»Das gibt's doch nicht«, sagt Fuchs, »dass man so einen nicht erwischt.«

»Wenn ich's doch sag«, erklärt Bonleitner im Brustton der Überzeugung. »Ein Untoter ist er, wo umgeht.«

»Was sagt denn die Polizei dazu?«

Bonleitner zieht an seiner Zigarre. Sie mag heut nicht so recht brennen. »Die Gendarmen vermuten einen Holzhandler hinter der Sache.«

»Einen Holzhandler?«, lacht Fuchs. »Warum denn das?«

»Weil ein Holzhandler dadurch, dass so viel kaputtgeht, viel mehr Holz verkaufen kann.«

»Wie viele Holzhandler gibt es in Sendling?«, will Fuchs wissen.

»Fünf.«

»Hat man die verhört?«

»Freilich.«

»Und?«

»Keiner sagt was.«

»Und der Gassner selber?«

Bonleitner zieht die Schultern hoch.

»Der Kollege Gassner schimpft bloß. Wie sagt der Finessensepperl immer: Nix Gwiss woass ma net.«

»Was ist denn der Gassner für einer?«

»Der Gassner? Wie soll ich sagen: Man darf ja über Berufskollegen nicht schlecht reden.«

»Aber?«

»Der Gassner ... arbeitet billig. Zu billig, mein ich. Er hat keine Gesellen, weil er bloß herumschimpft. Man hat auch Sachen gehört.«

»Sachen?«

»Ja. In der Regel wird ein Baum in der saftärmsten Zeit vom Holz, nämlich im Dezember bei abnehmendem Mond, geschlagen, um das Holz vor Wurmfraß und Fäulnis zu schützen. Der Gassner nimmt angeblich im Sommer geschlagenes Holz, das ihm irgendein windiger Holzhandler günstig verkauft.«

Jetzt lacht auch der Adjunkt Heininger. »Da seids aber sauber auf dem Holzweg. Ein Holzhandler hat doch selber genug Holz.«

»Das hat damit nichts zu tun!«, bemerkt Fuchs mit strenger Miene.

Das Ansägen eines Gerüstes ist ein schweres Delikt. Sollte

es zu Verletzungen oder gar zum Tod einer unbeteiligten Person führen, so muss der Täter mit dem Verlust seines Lebens rechnen.

Der Stadtrichter nimmt sich vor, bei Gelegenheit mit dem Finessensepperl zu reden. Der kennt die Leut. Vielleicht auch einen wie den Gassner, draußen in Sendling.

*

Kaspar Fuchs entstammt einem nicht unvermögenden Haus in der Landshuter Altstadt. Der Vater hatte eine Leinenweberei betrieben und war dadurch zu Reichtum und Ansehen gelangt. Bald schon erkannte man, dass der Bub eine schnelle Auffassungsgabe besaß. Er konnte gut lesen, gut rechnen und noch besser schreiben. Franziska, die Mutter, wollte den Buben zum Priester ausbilden lassen. Der Vater, Kaspar, wie der Sohn, wünschte sich nichts sehnlicher, als dass der Bub den Betrieb übernimmt. Es ist anders gekommen, denn der junge Kaspar bekam durch Zufall einen Gesetzestext in die Finger und biss sich daran fest. Nach etlichen Jahren als Advokat in der Provinz landete er schließlich in München. Dort ehelichte er Katharina, die gleichfalls aus der Herzogstadt stammte.

*

Beim scharfen Tarock geht es – wie könnte es anders sein – um Geld, und zwar um gefährlich viel Geld.

Die Wirtin, Frau Scholastika Hebauf, hat durchaus eine gewisse Ähnlichkeit mit ihrem Etablissement. Sie ist etwas über fünfzig Jahre alt, solide gebaut, eine einschüchternde, altbairische Erscheinung.

Voller Unruhe werkelt sie an der Theke herum. Ihr passt

es nicht, dass die Männer, von denen fast jeder einen guten Ruf zu verlieren hat, sich mit dem zwielichtigen Adjunkten Heininger aus der Karmelitergasse eingelassen haben.

Der Heiniger nämlich ist, obwohl in festen Diensten, ein unsteter Charakter, scheinbar alterslos und bis über die rote Wollhaube hinterfotzig bis zum Gehtnichtmehr.

Einmal hat man ihn erwischt, wie er draußen in Schwabing eine Sau verkaufen wollte. Die sei ihm zugelaufen, hat er in der Verhandlung gesagt, und sie haben ihn freigesprochen. Aber bei der nächsten Sau ist er dran, hat es geheißen – das ist so gewiss wie das Amen in der Kirche.

Dass er beim Kartenspiel gern eine Sau zu viel im Ärmel hat, mag er nicht zugeben.

Und so nimmt das Spiel seinen verhängnisvollen Lauf. Erst verliert Ottinger zwei Gulden, dann spielt der Zimmermann eine falsche Farbe aus. Drei weitere Gulden gehen an Heiniger, und als Kaspar Fuchs ob des genossenen Alkohols die Nerven verliert und hinschmeißt, gehen weitere sieben Gulden an den strahlenden Adjunkten. Die falsche Sau aus dem Ärmel hat er diesmal nicht gebraucht.

Weil Fuchs aber nicht genügend Bargeld bei sich hat, addiert der Adjunkt die Schulden des Stadtrichters auf einem Blatt Papier zum Endbetrag von derzeit summa summarum dreiunddreißig Gulden – ein fetter Batzen, auf den Heininger nicht lang warten mag.

Die Tür geht auf und herein schwebt die schöne Adela aus der Vorstadt Haidhausen. Sie ist eine zarte, knapp zwanzigjährige Frauensperson. Sie legt großen Wert auf ihre äußere Erscheinung nach dem neuesten Empire Stil. Das offensichtliche Vorbild ist Joséphine de Beauharnais, die Gattin des französischen Kaisers Napoleon Bonaparte. Das schlichte Abendkleid, das Adela trägt, betont ihre angenehme Figur, die hohe Büste und die schlanken Fesseln in den schmalen weißen Stiefeln. Die offenen blonden Haare sind hinten zu einem Knoten gefasst – auf den ersten Blick vermittelt Adelheid Burgfaller den Eindruck einer begehrenswerten jungen Frau.

Die Hände jedoch zeugen von schwerer Arbeit am Waschtrog. Die Fingernägel sind bis auf die Kuppen zerkaut. Unter den Augen lauern finstere Schatten. Die Mundwinkel verkrampfen sich vor Sorge und Einsamkeit.

»Bosoar«, näselt sie kokett.

Die Männer betrachten sie knapp, wenden sich jedoch gleich wieder dem Kartenspiel zu. Kaspar Fuchs will seine Schulden um jeden Preis minimieren.

Adela setzt sich an den Nachbartisch. Scholastika bringt Wein. Die Wirtin mag die junge Frau. Sie tut ihr leid. Man weiß nicht genau, von was Adela lebt. Eigentlich ist sie Wäscherin; der Vater ist gestorben, als Adela ein Säugling war. Die Mutter soll gleichfalls Wäscherin gewesen sein, ist aber vor zwei Jahren mit einem Franzosen davon.

Es heißt, Adela habe einen Bankert. Der Vater sei der Stadtrichter. Nix Gwiss woass ma net, und es ist auch besser, das heikle Thema nicht in Anwesenheit von Kaspar Fuchs anzusprechen.

Adela braucht Geld. Weil sie aber nicht mit der Tür ins Haus fallen will, hat sie einen Plan ausgeheckt, den sie nun unter tätiger Mithilfe von Scholastika umzusetzen gedenkt.

Alles ist vorbereitet. Nur der scharfe Tarock stört.

8

Adela nippt am Wein, führt die Hand zum Mund und gähnt ausgiebig.

»Schlechte Nacht gehabt?«, sagt der Heiniger. Er hat die Spielkarten weggelegt und begafft das ansehnliche Dekolleté der jungen Frau.

»Nein«, sagt sie und nimmt die Hand herunter, »mir ist bloß so schrecklich langweilig.«

»Da wüsst ich schon, was dir die Langeweile vertreibt …«, lässt sich der Adjunkt hören. Jetzt haben auch die anderen ihr Blatt weggelegt und warten.

»Vorschlag«, sagt Adela, als wäre ihr die Idee gerade erst eingefallen. »Vorschlag: Fünfzig Semmelknödel. Wer ist dabei?«

»Ich!«, schreit der Heininger. »Ich pack fünfzig und noch zehn dazu.« Dabei knurrt sein Magen so laut wie eine rostige Kellertür.

»Angenommen!«, sagt Kaspar Fuchs. Auch ihn hungert. Auf einen Knödel mehr oder weniger soll es ihm nicht ankommen.

Scholastika ist an den Tisch getreten. »Also gut. Die Regeln: Gewinnt Herr Stadtrichter, muss Herr Adjunkt die Knödel bezahlen. Verliert Herr Stadtrichter, muss er für jeden nicht verspeisten Knödel je einen Gulden an Demoiselle Adela als Zuwendung bezahlen. Die einzige Bedingung ist, keine der beiden Parteien darf zwischendrin etwas trinken.«

»Angenommen!«, wiederholt Fuchs. Mit Adela wird er schon einig werden, damit auch für ihn ein paar Gulden übrig bleiben, falls er wider Erwarten verliert.

Während die Knödelkämpfer hastig noch so viel Bier wie möglich in sich hineinschütten und danach laut rülpsen, stellt Scholastika die verlangte Anzahl Semmelknödel in zwei großen Schüsseln auf den Tisch.

Der Kampf beginnt. Der Adjunkt frisst in Rekordgeschwindigkeit die ersten zwanzig Knödel auf. Er atmet dreimal heftig aus und ein, dann verschlingt er die nächsten zwanzig. Wieder zischt er die Luft in seine Lungen und wieder hinaus. Nach vier Minuten ist seine Schüssel leer.

Derweil hat Heiningers Kopf die Form eines gewaltigen Semmelknödels angenommen, Augen und Nase sind verschwunden, der Mund steht offen wie ein Scheunentor. Die Ohrwaschl haben eine krebsrote Farbe angenommen. Aber sonst geht's dem Herrn Adjunkten gut …

Nun ist Kaspar Fuchs an der Reihe. Nach dem vierten Knödel merkt er, dass ein jeder von ihnen vollkommen versalzen ist. Was wird denn hier für ein seltsamer Spaß aufgeführt?

Während er verzweifelt versucht, weitere Brocken zu schlucken, springt sein Blick von einem zum anderen. Sein Freund, Dr. Pirchmoser, mustert ihn sorgenvoll mit gerunzelter Stirn. Wastl Bonleitner, sein Spezl aus der Sendlinger Vorstadt, beobachtet die Szene mit leichtem Abscheu. Nur die schöne Adela vergnügt sich an dem Wettkampf der beiden ungleichen Männer.

Nach achtzehn Semmelknödeln gibt Stadtrichter Kaspar Fuchs auf. Es geht einfach nicht mehr, er kriegt beim besten Willen keinen Bissen mehr hinunter. Irgendwo in seinem Hinterkopf ahnt er, dass man ihn reingelegt hat, er weiß nur nicht, wie.

Waren es zwei verschiedene Sorten von Knödeln gewesen – die eine Sorte versalzen, die andere nicht – und wie hat der Adjunkt Heininger, dieser hinterfotzige Saubeutel, den Unterschied gewusst? Im Schädel des übertrumpften Stadtrichters brummt es laut und deutlich: Er hat sich übernommen. Mit dem Trinken, dem Karteln, den damischen Knödeln. Mit allem. Und jetzt hat er den Dreck im Schachterl, jetzt kann er scheppern!

Scholastika verkündet das Ergebnis der Schlacht: »Herr Adjunkt haben alle fünfzig Knödel verdruckt. Herr Stadtrichter haben von fünfzig Knödeln bloß achtzehn verdruckt, bleiben zweiunddreißig übrig, die er nicht verdruckt hat.«

Der Heininger frohlockt: »Bleiben zweiunddreißig Gulden für mein allerherzliebstes Adela-Schatzerl. Krieg ich ein Busserl?«

Adela wendet sich entsetzt ab. Mit dem schmierigen Adjunkten will sie nix zu tun haben; sie strebt nach Höherem als nach so einem windigen Hilfsbeamten, der ihr bloß billige Kleiderfetzen kaufen kann. Da wär ihr der Stadtrichter schon lieber.

»Wann krieg ich das Geld?«, sagt sie zu Fuchs. Ihre Stimme ist herablassend, triefender Spott liegt in ihrem Ton, so als wüsste sie genau, dass diese Schuld dem Verlierer eine Ehetragödie ersten Ranges einbringt. Insbesondere, sobald es sich auf dem Schrannenplatz herumgesprochen hat, dass Herr Stadtrichter keine Semmelknödel nicht verträgt.

»Was«, meldet sich Fuchs schwitzend, »waren denn das für Knödel?«

»Das waren«, sagt Scholastika, »einfache Semmelknödel.«

»Ja, aber die waren saumäßig versalzen«, jammert er.

»Hab sie gleich weggetan«, nickt Scholastika: »Die mag eh keiner mehr.«

Damit ist die Sache erledigt. Fuchs muss jetzt aufpassen, dass er, der gestandene Münchner Stadtrichter, nicht in Tränen ausbricht und sich noch mehr blamiert. Er gibt Ottinger ein Zeichen. Zusammen verlassen sie die Lokalität.

»Wann krieg ich mein Diridari?«, schreit ihnen die schöne Adela hinterdrein, doch da sind die beiden Männer schon fort.

9

Franziska sitzt auf einem wackligen Schemel und blickt hinauf zu dem vergitterten Fensterchen, das hoch an der Wand ihrer Zelle etwas Tageslicht spendet. Das Licht reicht, dass sie die Schriften der Scharlotte Korday studieren kann. Der Augustinerpater Demlinger hat auf ihr inständiges Flehen das schmale Büchlein am gestrigen Tage in die Zelle geschmuggelt. Nach dem kargen Mittagsmahl, das viel zu früh gebracht wird, hat sie Zeit und Muse, sich in die Gedanken der jungen Frau zu vertiefen.

Scharlotte Korday war eine französische Freiheitskämpferin gewesen. Am 13. Juli 1793 hatte sie in Paris Jean Paul Marat, einen Führer der Jakobiner, mit einem Küchenmesser in seiner Badewanne erstochen. Vier Tage nach dem Attentat starb sie durch die Guillotine.

Voller Rührung und Anteilnahme liest Franziska ihre letzten Worte:

»Ich bin verurteilt – Wohl mir! Nur eine kleine Stunde noch, und ich wandle im Kreise der edelsten Seelen meiner Art. Aber ich habe das Herz zu hoffen, dass unter fünfundzwanzig Millionen Menschen sich noch einige finden werden, die mir gleichen an Muth. Arme, betrogene Nazion!«

In diesem Augenblick wird die Zellentür geöffnet. Herein tritt der Finessensepperl. Franziska legt das Büchlein der Scharlotte Korday zur Seite.

»Ihr habt mich rufen lassen?«, sagt der Sepperl mit einer leichten Verbeugung.

Franziska kann ihm keinen Platz anbieten, denn neben dem wackligen Stuhl, auf dem sie selber sitzt, gibt es in dem düsteren Kerker nur den Strohsack für die Nacht.

Sie strafft sich: »Hast du mit meinem Vater gesprochen?«

»Hab mit ihm geredet, wie es mir Pater Demlinger übermittelt hat.«

»Und? Was spricht mein Vater?«

Der Sepperl räuspert sich ein paarmal. Die Nachricht, die er zu überbringen hat, ist ihm sichtlich unangenehm.

»Euer Vater, Franziska, ist zugleich Stadtrichter von München. Er hat die Aufgabe und das Recht, Urteil zu sprechen über Eure Verfehlungen.«

Franziska ist aufgesprungen. »Welche Verfehlungen? Ich habe nur erklärt, dass ich für die Rechte der Frauen eintreten werde. Das sind keine *Verfehlungen!*«

Der Sepperl winkt ab. »Ihr sprecht über Klopstock und führt ketzerische Reden. Der Herr Papa versteht nicht, warum Ihr so etwas Dummes anfangt. Vielleicht solltet Ihr Euch aussprechen.«

»Er will ja nicht! Lieber lässt er mich in diesem Loch versauern. Ein treuer Vater tut so etwas nicht.«

Der Sepperl nickt zu ihren Worten. »Das mag schon sein. Aber er sagt, so etwas wie den Klopstock tut eine treue Tochter nicht.«

Eine Pause tritt ein. Das Gespräch ist festgefahren.

»Er will Euch fünf Tage im Kerker halten«, sagt der Sepperl schließlich.

»Fünf Tage?«, kommt es tonlos von Franziska.

»Aber …«

»Aber was?«

»Aber ich hab ihm erklärt, dass Ihr nur ein schwaches Weib seid.«

»Bin kein schwaches Weib nicht!«, begehrt sie auf.

»Hört zu – dass Ihr als schwaches Weib keine fünf Tage im Kerker überleben könnt. Ich hab ihm einen Vorschlag unterbreitet, auf den er nach einer Zigarrenlänge und einem Cognac eingegangen ist.«

»Einen Vorschlag?«, sagt Franziska argwöhnisch.

»Kennt Ihr den Balsam-Bene?«, erklärt er.

»Nein.«

»Der Balsam-Bene, bürgerlich Benedikt Niederstrasser, ein kräftiger junger Mann aus der Karmelitergasse, verkauft seinen Wunderbalsam in der Stadt. Weil er aber manchmal falsch abbiegt, braucht er jemanden, der ihm wieder den rechten Weg weist.«

Franziska hat sich hingesetzt. »Der Bursche biegt manchmal falsch ab?«

»Ganz einfach. Wenn der Bene seinen Balsam verkauft hat, kehrt er in die Schankwirtschaften im Tal ein und gönnt sich einen Krug Bier. Weil aber aus dem einen Krug viele werden, kriegt er einen Kanonenrausch und haut alles kurz und klein. Und jedes Mal muss ihn der Stadtrichter, was Euer Herr Vater ist, einsperren. Weil das aber einen Haufen Zeit und Gulden kostet, braucht der Balsam-Bene endlich eine Aufsichtsperson.«

»Und?«, will Franziska wissen.

»Der Stadtrichter hat bestimmt, dass Ihr zur Strafe für den Weiberbund dem Bene seine Aufsichtsperson sein müsst – für eine Woche. Wenn Ihr zustimmt, könnt Ihr mit mir gehen und seid frei.«

Franziska hat ihr Gesicht in den Hände vergraben. Es dauert eine Weile, bis sie antworten kann.

»Wenn ich nicht mag?«

»Dann bleibt's bei fünf Tag«, sagt der Sepperl. »Ich wart draußen.«

*

Ein paar Stunden später hockt Franziska Fuchs, einfach gewandet, in der Weinwirtschaft »Zum Bögner« im Tal und schaut dem Balsam-Bene zu, wie er seinen Wunderbalsam vor ihr aufbaut.

»Meine Salben und Tinkturen«, sagt er mit rauer Stimme, »dienen der Gesundheit des Weibes – wer etwas anderes behauptet, der lügt.«

Weit ausholend erzählt er dann von der Pappelsalbe gegen Entzündungen, von Waschungen mit Ameisenspiritus bei kalten Füßen oder ein Klistier mit Kamillenaufguss und Leinöl gegen Schlaflosigkeit. Dass in Essig getauchte Brotrinde, mehrmals am Tag eingenommen, bei Kopfschmerzen hilft, weiß auch Franziska.

Endlich kommt er zur Hauptsache: dem Preis.

»Du musst dir genau merken, was die Medizin kostet. Kannst du lesen?«

Franziska hört geduldig zu. Sie betrachtet seine schlanken Hände, sein ausdrucksstarkes Gesicht und die flinken Augen – eine durchaus angenehme Erscheinung, die nur durch die kräftig rote Nase gestört wird. Auch geht von der Kleidung des Mannes ein deutlicher Stallgeruch aus.

»Ja. Ich kann lesen und schreiben.«

»Gut. Du sagst mir jetzt die Preise auf den Flaschen auf. Machst du einen Fehler, hau ich dir eine herunter. Los!«

Franziska besieht sich die Etiketten, spricht in ruhigem Ton, macht nur einen einzigen Fehler. Der Balsam-Bene ist mit seinem Bierkrug beschäftigt und merkt nix.

»Heut ist Sonntag. Morgen früh um fünf Uhr treffen wir uns vor dem Bögner. Zieh dich warm an.«

Mit diesen Worten entlässt er Franziska Fuchs. Auf dem Weg nach Hause überlegt sie, mit welchen Argumenten sie ihren Eltern gegenübertreten will. Vielleicht kann man, zusammen mit dem Balsam-Bene, neben dem Verkauf vom Wunderbalsam ein bisserl Werbung für die Rechte der Frauen machen?

Sie überquert den Schrannenplatz. Da steht Pater Demlinger vor ihr.

»Du bist ja frei, liebste Franziska. Das ist wunderbar«, sagt er freundlich.

»Das bin ich, Herr Pater.«

Er nimmt sie am Arm. »Das sollten wir bei einem Schälchen Mokka feiern, was meinst du?«

Franziska hat nichts dagegen, noch eine Weile der elterlichen Wohnung fernzubleiben. Also begleitet sie Demlinger zu dessen Behausung im Augustinerstock. Nach der Säkularisation hat man den Patres dort noch für eine Weile ihre einfachen Wohnräume gelassen.

Jetzt sitzt Franziska auf dem Kanapee in Demlingers Stube und betrachtet die Heiligenbilder an der Wand. Unter dem Fenster steht der Ofen, darunter die Kohlenkiste. Dazu auf einem Ständer die Waschschüssel. Bei der Tür, neben dem Kleiderschrank, das Kanapee. Im Alkoven ein Bett.

Es ist eine wirklich karge Behausung, denkt sie, aber für einen Mann Gottes reinweg angemessen.

»Ein Schälchen in Ehren …«, sagt Demlinger und stellt zwei Tassen auf den winzigen Beistelltisch.

Franziska schnuppert. »Was ist das?«

»Das ist ein Maria Theresia–Mokka mit einem Schuss Orangenlikör, wie ihn die Wiener mögen.«

Sie nippt daran, schmeckt ausgezeichnet.

Demlinger setzt sich neben sie. »Und jetzt erzähl, wie es mit dem Balsam-Bene geht. Hast du ihn von seiner Trunksucht befreit?«

Er legt den Arm um sie. Sie fühlt sich gut aufgehoben. Den schweren Mantel hat sie abgelegt; der Ofen strahlt eine wunderbare Wärme aus.

»So schnell geht das auch wieder nicht. Wir treffen uns morgen früh um fünf Uhr.«

Mitfühlend streichelt Demlinger ihr Knie. »Ist das nicht arg früh?« Schnell gießt er noch einen Likör in die leeren Mokka-Schälchen. »Darauf einen Schluck!«

Obwohl Franziska lediglich Bluse und Rock trägt, ist ihr nun doch warm geworden. Sie öffnet zwei Knöpfe. Statt eines Leibchens trägt sie ein Kurzkorsett, das ihre vollen Brüste betont. Demlinger rückt ein wenig näher.

»Scheint mir ein rechter Sünder zu sein, der Benedikt. Hat er dir Komplimente gemacht?«

»Der Bene? Nein, er haut mir eine herunter, wenn ich nicht alle Preise von seinem Wunderbalsam aufsagen kann – wo der Verkauf doch erst losgeht.«

»Ein frecher Kerl!«, sagt Demlinger und linst in die Bluse. »Ich muss sagen, der Bursche gefällt mir gar nicht – ist dir auch so warm?«

Der Pater nestelt an seiner Jacke herum. Dann gießt er Likör nach. Sie trinken. Auf einmal muss Franziska lachen.

»Der Bene verkauft sogar einen Ameisenspiritus. Das kann mir keiner erzählen: einen Ameisenspiritus! Einen solchen mag doch kein Mensch!«

Demlinger späht weiter in ihr Dekolleté. »Da nehmen wir doch lieber noch einen Orangenlikör.«

Längst hat Franziska aufgehört, mitzuzählen. Sie gähnt heftig. Ist es die Hitze im Raum oder der Likör? Oder war es doch etwas viel, was der Tag für sie gebracht hat? Erst der Aufenthalt im Kerker, dann das Gespräch beim Bögner mit dem Balsam-Bene und jetzt die Unterhaltung mit dem Augustinerpater.

Bonifazius Demlinger, keuscher Knecht Gottes, steht auf. »Wir wollen uns ein wenig Ruhe gönnen, meine Liebe.« Er führt sie zum Alkoven und schlägt die Bettdecke zurück. Er entledigt sich seiner Kleidung und hilft ihr beim Ablegen des Gewandes. Nackt wie Adam und Eva stehen sie sich gegenüber. Demlinger packt sie bei den Hüften: »Ich lieb dich ja so, Franziska.«

»Ich mag dich auch«, flüstert sie zärtlich.

»Sag Fazi zu mir.«

Überrascht blickt sie an ihm hinunter. »Fazi, was hast denn da?«

»Das«, sagt er, »das ist mein heiliger Bimbam.«

»Mein Gott, ist der dick!«

»Stimmt«, keucht er, »aber er kann sich gut verstecken.«

»Was machst denn da?«

»Versteck spielen.«

»Oh, Fazi!«

10

Spät am Abend ist sie heimgekommen, die Franziska und gleich auf ihr Zimmer geeilt. Eine Unterredung mit dem Herrn Papa wird es nicht so bald geben, erst muss sie die Vorkommnisse der abgelaufenen Tage verarbeiten.

Sie sinnt über den heiligen Bimbam des Paters nach. Eigentlich hat ihr sein Versteckspiel gut gefallen. Dennoch bleibt ein fader Nachgeschmack.

Hat Demlinger nicht die Augustinerregel zu befolgen, die da lautet, ein in Demut und Keuschheit Gott geweihtes Leben zu führen?

Verwahrt er seine Keuschheit in der Kohlenkiste? Oder ist sie ihm abhandengekommen? Hat der heilige Bimbam gesündigt und der keusche Pater weiß nix davon?

Ein anderer Gedanke durchzuckt sie: Was ist, wenn das lustvolle Spiel Folgen hat? Wenn sie in andere Umstände kommt? Franziska zählt jetzt dreiunddreißig Jahre und ist noch immer ledigen Standes. Mit einem Balg gilt sie als Hur und muss aus dem Haus. Wo soll sie dann hin und wer wird für sie sorgen?

Sie wälzt sich hin und her.

»Muss mit der Mutter reden …«, murmelt sie und fällt in einen unruhigen Schlaf.

*

Das Morgengrauen macht seinem Namen alle Ehre. Das Haus schläft noch, als Franziska im wärmsten Mantel, den sie finden konnte, sich auf den Weg zum Bögner im Tal macht.

Sie wartet eine halbe Stunde. Wie die Kirchenuhr sechsmal schlägt, biegt leise pfeifend der Balsam-Bene ums Eck. Er hat eine gewaltige Schlagseite und eine noch gewaltigere Fahne. Sie würde dem nächsten Kirchweihfest alle Ehre geben. Nur den Kasten mit den Wundermitteln, den er gewöhnlich auf dem Bauch vor sich herträgt – den hat er offenbar vergessen.

»Ja, servus, alte Zwiderwurzn!«, sagt er und lehnt sich erschöpft an die Hauswand.

Entsetzt wendet sich Franziska ab. Dann nimmt sie sich ein Herz und sagt: »Wo hast denn deinen Wunderbalsam, du besoffnes Waagscheitl?«

»Mein Wunderbalsam?«, fingert er sich über das Bäuchlein. »Die ist noch beim Veverl.«

Franziska packt ihn beim Arm. »Und wo wohnt das Veverl?«

Kurz fasst sich der Trunkenbold an die Stirn. »Die Genoveva? Die wohnt bei mir.«

»Und wo wohnst du?«

»Daheim.«

Franziska vermag sich nicht mehr anders zu helfen und haut ihm eine herunter, dass es klatscht.

»Wo du wohnst, will ich wissen!«

»Daheim …«

Noch eine und noch eine Watschn kriegt er, bis er die richtige Antwort rauslasst: »Draußen im Naglergassl.«

»Das ist ja der nächste Weg«, sagt sie und will ihn fortziehen.

Er stockt. »Erst brauch ich noch einen Schnaps zur Wegzehrung.«

Franziska, sie ist schon in der Übung, versetzt ihm noch

eine Zugab. »Eine Bockfotzn kannst habn – aber keinen Schnaps nicht!«

*

Es schlägt neun Uhr, als sie ihre Tour am Schrannenplatz beginnen. Der Bene, inzwischen halbwegs nüchtern, trägt den alten Holzkasten vor dem Bauch. Franziska stapft neben ihm her durch den Schnee. In der Naglergasse hat sie noch schnell eine Liste mit den Namen all der Wundermittel aufgeschrieben, die der Bene verkaufen will.

Sie stehen vor einer Glaserei in der Kaufinger Gasse. Über der Tür hängt ein in Glas geritzter Spruch: »Der Herr beschütze Korn und Wein, der Hagel schlage Fenster ein!«

Drinnen ist es düster. Es riecht nach Glasstaub. Ein grauhaariges Männlein begrüßt sie hinter der Verkaufstheke.

»Was darf's sein, die Herrschaften?«

Der Balsam-Bene mandelt sich auf und stellt sich in Positur: »Einen Balsam hätt ich für die wehen Füß.«

»Hab keine wehen Füß«, krächzt das Männlein. Ein kräftiger Husten schüttelt ihn.

»Gegen Auswurf und Brustbeschwerden hätt ich ein Essigkraut.«

»Essigkraut?«

»Ja. Mit Warmbier getrunken, wirkt es sofort.«

Das Männlein schreit nach hinten: »Wam – geh amal her.«

Aus dem Hintergrund schlurft eine Frau unbestimmten Alters heran, die die Händler misstrauisch mustert. Helle, klare Augen hat sie und einen fürchterlichen Zinken im Gesicht.

»Was willst?«

Statt des Männleins meldet sich der Benedikt: »Mit Verlaub, ich bin der weithin bekannte Balsam-Bene und ich verkauf deinem Mann ein Essigkraut gegen den Husten.«

Die Frau beäugt Benedikt und weicht zurück. »Du stinkst nach Schnaps!«

»Essigkraut!«, setzt er dagegen. Die Frau blickt auf ihren Mann, der wieder hustet. Dann sagt sie: »Was soll's denn kosten?«

Jetzt ist Franziska an der Reihe. Wichtig zeigt sie den Zettel vor: »Ysop ... Essigkraut ... ein Deka ... dreißig Kreuzer.«

»Hilft aber erst ab sieben Deka«, ergänzt Benedikt geschäftig.

Die Frau überlegt. Man sieht ihr an, wie sie rechnet.

»Sieben Deka ... sind ... sind ... Ich geb dir einen halben Gulden für den Dreck.«

Sie öffnet die Schublade und schmeißt ein paar Münzen auf die Theke. Blitzschnell verschwinden sie in Benedikts Tasche. Dafür legt er ein Päckchen hin.

»Fünf Deka – aber bloß, weil Gnädige Frau so eine schöne Nasn hat.«

»Schleichts euch!«, keift sie und scheucht sie aus dem Laden.

Beim nächsten Geschäft, einer Bäckerei, haben sie mehr Glück. Der Bäckermeister, ein feister Kerl mit roten Wangen und einer weißen Haube auf dem Schädel, kauft ihnen aromatische Kräuter mit Kamillen, Thymian, Lavendel und Krauseminze ab, weil er bei der nächtlichen Arbeit immer so schwitzen muss.

Kunden haben sich beschwert, weil seine Pfenningmuckerl und Remischen ständig nach seinem Schwitz schmecken, und das geht halt nicht.

»Tust alles in heißes Wasser«, empfiehlt der Benedikt, »und hängst dir ein Tuch über den Kopf und schnaufst es ein. Dann wird's gleich besser.«

Der arme Bäcker bedankt sich und zahlt die zwei Gulden,

die Franziska verlangt, ohne große Worte. Bevor allerdings der Benedikt das Geld erwischt, landet es in Franziskas Tasche.

*

Am selbigen Vormittag sitzt der Sepperl beim Stadtrichter in dessen guter Stube. Er muss berichten, was er in der letzten Nacht bezüglich des Sägers von Sendling erreicht hat. Hinausgewandert ist er ins Dorf Sendling, hat sich umgeschaut, hat auch des Gassners Zimmerei gefunden, hat dort gewartet, weil alle Fenster dunkel gewesen sind.

»Zwei und drei Viertel Stund bin ich dagestanden. Saukalt war's und finster wie im Deixel seinem Hinteren.«

»Und dann?«, sagt der Stadtrichter, dem vollkommen klar ist, dass es sich um ein schwieriges, wenn nicht unmögliches Unterfangen handelt, ein Gespenst wie den Säger von Sendling zu fangen.

»Wie die Kirchenuhr dreimal schlagt, bin ich davon.«

»Ohne Ergebnis?«

»Ja, Stadtrichter. Ohne Ergebnis. Tut mir aufrichtig leid.«

Fuchs schiebt ihm zwei von den guten Zigarren hin.

»Muss dir nicht leidtun, Sepperl.«

»Dank dir schön«, sagt der Sepperl und setzt das Rauchwerk in Brand. Es ist doch immer wieder lohnend für die Stadt München zu arbeiten.

»Aber«, fährt Fuchs fort, »wir dürfen nicht aufgeben. Bei nächster Gelegenheit gehst wieder hinaus nach Sendling. Und zieh dich warm genug an, Sepperl. Ich brauch dich noch.«

*

Zu Mittag verzehren sie beim Bauernhansl in der Neuhausergasse ein Dotschenkotelett mit reichlich Sauerkraut. Weil der Balsam-Bene gar so traurig dreinschaut, stiftet Franziska dazu einen Krug Bier und ein Stamperl billigen Apfelschnaps.

Mehr gibt es nicht.

Gesättigt ziehen sie weiter, hinauf zum Karlstor. Bevor sie es durchschreiten, biegen sie ein in das schmale Eisenbrechergassl, wo der Bücherschätzer Janoschak seinen kleinen Laden betreibt.

»Der Janoschak«, verkündet der Balsam-Bene, bevor sie eintreten, »hört nicht gut. Am besten, du schreist ihm direkt ins Gesicht, wenn du den Preis nennst.«

Franziska nickt, sie hat verstanden. Aber der Bene ist noch nicht fertig.

»Ich bring ihm jedes Mal Ohrentropfen mit. Er glaubt fest daran, dass sie was helfen. Weil sie aber nix helfen, kann ich sie ihm bei jeder Tour wieder verkaufen.«

»Aus was machst du denn Ohrentropfen?«, will Franziska wissen, aber da stehen sie schon in dem düsteren Antiquariat des Herrn Janoschak.

Sogleich taucht der alte Herr vor ihnen auf. Als er den Balsam-Bene erkennt, lächelt er zufrieden. »Das freut mich aber, dass du wieder amal zu mir hereinfindest, lieber Benedikt.«

Der Bene nickt ergeben. »Servus, alter Bachratz ...«

»Bene!«, rügt ihn Franziska.

Der Bene winkt ab. »Der Hosnbisler versteht nix. Zu dem kann ich sagen, was ich mag.«

Franziska mustert den Bücherschätzer. »Was ist das an Ihrem Ohr, Herr Janoschak?«

Des Antiquars Gesichtsausdruck hat sich verfinstert. »Das, Demoiselle, ist ein Hörrohr mit einer Schnecke, nach der neuesten Fasson. Damit vermag ich jedes Wort zu verstehen ... auch dem Benedikt seinen Bachratz und den Hosnbisler!«

Der Balsam-Bene ist blass geworden.

»Euer Gnaden … Durchlauchtigst … das war bloß a Gaudi … a Spaß …«

Stumm streckt Janoschak die Hand aus. Der Bene schluckt und reicht ihm das Fläschchen mit den Tropfen. Der Alte dankt verhalten.

An der Tür dreht sich Franziska zu ihm um. »Herr Antiquar, ich möchte mich entschuldigen für den groben Kerl.«

Janoschak winkt lachend ab. »Demoiselle, glaubt Ihr denn im Ernst, dass mir seine Tropfen helfen?«

»Warum kauft Ihr Sie ihm dann ab?«

»Der Arme hat's überall schwer, sagt Ovid. Ich gönn dem Benedikt die paar Kreuzer. Und mir tun sie nicht weh.«

Flugs kehrt er zurück in sein geheimnisvolles Reich. Franziska folgt ihm neugierig. Der alte Antiquar drückt ihr ein Buch in die Hand: »Melusinens Sommer-Abende« von Sophie von La Roche. Janoschak sieht ihren begierigen Gesichtsausdruck. »Sophie von La Roche ist eine Schriftstellerin.«

»Eine Schriftstellerin?«

»Ja«, sagt er und lächelt. »Hab dich gesehen, im Literarischen Salon vom Voltaire, wie du über den Klopstock gesprochen hast. Vielleicht steckt in dir ebenfalls eine Schriftstellerin.«

»Ihr wart im Voltaire?«

»Freilich. Geh deinen Weg, Franziska Fuchs. Lass dich von niemandem beirren. Lerne von Sophie von La Roche. Die *Sommer-Abende* sind druckfrisch. Übrigens enthält das Werk auch ein Porträt der Verfasserin. Schau es dir genau an.«

»Vielen Dank. Was bin ich Euch schuldig?«

»Nichts«, lächelt er und verbeugt sich. »Beehrt mich bald wieder, Demoiselle!«

In diesem Augenblick wird die Ladentür aufgerissen und der Metzger Urgibl von gegenüber stürmt herein.

»Wer hat denn diese Gwandlaus bei mir im Gschäft vergessen?«

»Was ist denn, Rups?«, sagt Janoschak verblüfft.

Franziska hat sich, das Buch fest an sich gedrückt, am wütenden Metzger vorbeigezwängt und rennt über die Gasse.

Dort drischt soeben die Verkäuferin mit einem alten Besen auf den Balsam-Bene ein. »Das Schweinerne gib her, du Strauchdieb, du gselchter!«

»Hab's net …«, schreit er zurück, doch in diesem Moment platscht ein Brocken Fleisch unter seinem Bauchkasten auf den Boden. Er trampelt davon.

»Dich kann man doch keinen Augenblick allein lassen«, schreit Franziska und saust hinter ihm her.

11

Spät am Abend. Der Weg ist weit, aber nicht zu weit für den Sepperl, der einen neuen Versuch unternimmt: den Spezialauftrag vom Stadtrichter Fuchs.

Immer wieder hört man jetzt vom Säger von Sendling, der Fahnenmasten umlegt, Gerüste ansägt und Haustüren eindrückt. Ein Gespenst soll er sein, sagen manche. Andere behaupten, ein Gnom sei er, ein Kobold, der sein Unwesen treibt …

Dabei ist das Dorf bloß eine Ansammlung von Häusern um die Kirche St. Margaret, die einzig durch die Sendlinger Mordweihnacht bekannt geworden ist.

Der Sepperl hat eine Brotzeit und ein Flascherl Bier im Rucksack, und ein paar Kerzen für die Nacht. So stapft er dahin, hört wenig und sieht nichts. Eine finstere Gegend, das Dorf Sendling. Anders wie Giesing oder die Au.

Ganz anders.

Aber es hilft nix. Der Auftrag muss ausgeführt werden. Dann hat man wieder was gut beim Stadtrichter. Das kannst immer brauchen, denkt er.

Er sucht sich den Weg zur Gassner-Werkstatt. Das Haus befindet sich direkt unterhalb der Kirche. Soll er hingehen und fragen? Man hat ihm gesagt, der Gassner sei ein jähzorniger Kerl, hat kaputte Hände und Knie. Das hat man gehört. Ob es stimmt, weiß niemand.

Gibt's einen Hofhund? Hat der Gassner ein Gewehr? Der

Sepperl muss an seinen Vater denken, der immer gesagt hat: Bleib schneidig, Bub!

Vorsichtig nähert er sich dem einzigen beleuchteten Fenster. Späht durch das dreckige Glas. Der Gassner hockt am Tisch mit einem Teller Suppe. Ihm gegenüber, so weit weg wie möglich, sitzt eine junge Frau. Das muss die Tochter sein. Sie hat ein schmales Gesicht, trägt ein schönes Kleid und eine silberne Kette um den Hals. Gerade beißt sie in ein Stück Brot. Der Gassner sagt etwas. Sie schüttelt heftig den Kopf. Der Sepperl versteht zwar kein Wort, aber er spürt, dass Vater und Tochter sich streiten.

Er drückt sein Ohr an die Scheibe. Jetzt geht es besser. Jetzt versteht er alles. Was er hört, gefällt ihm ganz und gar nicht.

»Du Trutschn! Für was glaubst denn, hab ich dir das Kleidl gekauft?«

»Das weiß ich genau, Vater, warum du das machst.«

»Also?«

»Nein.«

»Warum denn nicht, Herrgott noch mal?«

»Weil ich net kann.«

»Weil ich net kann, weil ich net kann … Wollen tust net, so schaut's aus. Bin immerhin dein Vater.«

»Eben.«

»Bleibt alles in der Familie.«

»Das gehört sich einfach net.«

»Ich leg noch zwei Gulden drauf.«

»Auch um hundert Gulden net.«

»Du Mistpritschn, du elendige!«

»Nein, Vater, nicht!«

Gassner ist aufgesprungen, umrundet den Tisch.

»Dir zeig ich's, du Luder, du nichtsnutziges!«

Auch die Tochter springt auf, rennt zur Tür, bleibt stehen.

»Ich geh. Wie der Maxl. Dann bist allein. Dann hast niemand mehr. Hoffentlich geht's dir dann besser!«

»Ich hab doch auch meine Bedürfnisse«, schreit er, aber das hört sie nicht mehr.

Der Sepperl steht hinter einem Baum, wie die junge Frau aus dem Haus kommt. Sie hat einen Schal um die Schultern geschlungen, steht nun verloren da.

Er umrundet den Baum, schlägt einen Bogen und kommt wie zufällig am Haus vorbei.

»Grüß Gott«, sagt er fröhlich. »So spät noch unterwegs?«

Sie verdrückt ein paar Tränen. »Spazieren …«

»Ich bin der Sepperl«, sagt er und reicht ihr die Hand.

»Ich bin die Betty. Bist du aus der Stadt?«

»Freilich.«

»Ist es schön da?«

»Wunderschön.«

»Wunderschön …«, haucht sie hingerissen.

»Warst schon amal in der Stadt?«

»Noch nie.«

»Wärst gern in der Stadt?«

»So gern schon!«

Der Sepperl bietet ihr den Arm. »Dann zeig ich sie dir, die Münchner Stadt. Aber du musst mir versprechen, dass d' wieder heimgehst.«

Da verzieht Betty ihr Gesicht. »Das kann ich net.«

»Warum denn?«

»Der Vater … Er wollt was von mir.«

»Was denn?«

»Was Geschlechtliches.«

»Aber du nicht?«

»Nein.«

»Und die Mutter?«

»Ist schon lang davon.«

Sie gehen den Berg hinunter.

»Hast jemand in der Stadt? Die Mutter oder eine Freundin?«

»Die Afra.«

»Die Afra?«

»Beim Sendlinger Tor.«

Am Sendlinger Tor, außerhalb des Münchner Burgfriedens, bieten die Huren ihre vielfältigen Dienste an. Gehört Afra dazu? Das mag der Sepperl nicht glauben.

»Kennst du vielleicht jemand?«, sagt sie und drückt ganz fest seine Hand.

Der Sepperl denkt an den Ramlo im Kuhgassl. Vielleicht kann man dort helfen. Vielleicht gibt es eine Kammer. Vielleicht eine Arbeit als Spülerin.

Vielleicht ... Aber niemals nicht eine Hur am Sendlinger Tor.

»Komm«, sagt er energisch, »wir finden was.«

»Danke.«

»Magst reden?«, meint er später.

»Was reden?«

»Von daheim. Vom Vater. Oder von der Mutter? Oder hast Geschwister?«

»Einen Bruder.«

Dann bricht es aus ihr heraus. Wie ein Wasserfall beginnt sie zu erzählen.

»Mein lieber Bruder ist der Maxl. Aber der ist fort. Mitten in der Nacht ist er davon, weil ihn der Vater windelweich geprügelt hat. Das wollt er nimmer. Darum ist er gegangen.«

»Was war denn der Grund für die Prügel?«

»Bohrlöcher hat er falsch gesetzt, in einem Balken. Den Balken hat der Vater nicht mehr brauchen können. Fuchsteufelswild ist er geworden, weil das ein teures Holz gewesen ist. Drauf hat er ihn so geschlagen, dass der Maxl hinkt.«

»Hast ihn noch mal getroffen?«

»Den Maxl?«

»Ja.«

»Er ist nimmer zurückgekommen.«

»Das ist schlimm.«

Wenig später sitzen sie auf einer Bank. Es ist kalt, aber windstill. Er reicht ihr ein Stück Brot und einen Käs. Sie trinkt vom Bier.

»Wann ist er denn fort?«

»Vor einem halben Jahr. Seitdem fallen die ganzen Gerüste und Masten um.«

Der Sepperl wird hellhörig. Gerüste und Masten?

»Ich glaub fast«, sagt Betty leise, »ich glaub fast, mein Bruder ist tot und geht jetzt als Säger von Sendling um. Zur Straf für den Vater.«

Der Satz hängt in der Luft: der Säger von Sendling.

Vorige Woche ist ein Kind unter einen angesägten Balken gekommen. Die Vorsehung hat geholfen, aber es war knapp, sehr knapp. Seitdem suchen die Gendarmen den Säger.

Erwischt es statt einem Kind einen der französischen Besatzungssoldaten, dann wütet die Armee Napoleons in dem Dorf. Und die kennt kein Erbarmen.

In der Stadt angekommen, gehen sie zum Ramlo im Kuhgassl. Der Ramlo sperrt gerade zu, lässt sie aber herein und setzt ihnen eine späte Suppe vor. Auch die Kellnerin Sophie ist noch da. Bedächtig mustert sie die junge Frau. Die Lebenserfahrung sagt ihr, dass Betty etwas im Schilde führt. Sophie weiß nur noch nicht, was. Dass sie dem Sepperl schöne Augen macht, gefällt der Kellnerin jedoch ganz und gar nicht.

12

Die Vorhänge sind zugezogen. Das Licht in dem kleinen Raum kommt von einer flackernden, schwarzen Kerze. Auf dem Tisch stehen verschiedene Behältnisse, darunter ein Mörser mit einem Stößel sowie verschiedene Messer und Löffelchen. Bei den halb fertigen Strümpfen aus Hundehaaren sind die passenden Stricknadeln; krumme Staberl aus dünnem Holz. Dazu wiederum verbeulte Tiegel mit ebensolchen Deckeln, Krüge, kleine Gläser aus grünem Glas oder Schüsseln zur Zubereitung der Heilmittel. Auf einem Kasten an der Wand stehen, sortiert und beschriftet, Medizinflaschen aus dunklem Glas. Daneben ein kostbares Xaveriflascherl mit Reliquien, das die Gebärende während des Geburtsvorganges in der Hand halten soll, damit das Kind gesund zur Welt kommt.

In einem besonderen Tiegel findet sich der berühmte Jungfernhonig.

Ein Ofen spendet Wärme. Von der Decke hängen an einem Strick aufgefädelt Lochsteine, sogenannte Trudensteine, in verschiedenen Größen.

Die Frau hat sich über den Mörser gebeugt, in dem sie nun Teile von getrocknetem Taubenherz, Spatzenleber, Hasenniere, geräucherten Würmern und einen kleinen Teil Zidriwurz zerreibt. Behutsam schüttet sie das Pulver in ein Fläschchen mit der Aufschrift »Sempervivum«; darunter klebt ein Zettel mit einer roten Warnung: *Wenn jemand davon isst, der in seiner Genitalnatur gesund ist, der brennt ganz vor Lust.*

Die Frau verschließt das Flascherl und stellt es zu den anderen. Zu den Strümpfen legt sie den Beutel mit dem Bohnenmehl.

Gleich darauf sitzt sie nahe der Kerze auf einem wackligen Stuhl und strickt noch rasch die Strümpfe aus schwarzem Hundehaar fertig. Rochus kann jeden Moment erscheinen.

Von der nahen Kirchenuhr schlägt es zehn Mal. Draußen ist es stockfinster. Es schneit heftig. Der Wind streift mit hohlem Gejammer ums Haus.

Es klopft. Herein tritt der Weingastgeb Rochus, ein breiter und schwerer Mensch, eingehüllt in eine Pelerine, die er über dem langen Mantel trägt. Auf dem kahlen Schädel sitzt, etwas verrutscht, eine rote Wollhaube. Der dichte Bart ist weiß vom Schnee. Die Stiefel an seinen Füßen verteilen Schneewasser auf dem Boden. Er schüttelt sich und verteilt noch mehr Schnee. Der Mann muss stehen, denn es gibt keinen zweiten Stuhl in dem winzigen Raum.

»Grüß dich Gott, Nanni«, sagt er und zieht die Haube vom Kopf.

Die Frau nickt und weist ihm einen Schemel zu. »Da kannst hinhocken.«

Rochus Weigl ist ein Mann, der in der Welt der Honoratioren daheim ist. In seiner geräumigen Wohnung über der Weinwirtschaft »Wiegweigl« in der Sendlinger Gasse steht neben anderen teuren Besitztümern auch eine Chaiselongue nach neuestem englischem Vorbild.

Rochus ignoriert das Angebot, von dem er nicht weiß, ob es die Nanni ernst meint oder nicht. Er traut ihr nicht so recht; fast könnte man meinen, das schmale Weib, dunkel gekleidet mit einem dicken schwarzen Wollschal auf den roten Haaren, wär eine Zutütlerin, wo alles zutütet, so wie sie auch manches Leben zutüten kann – so jedenfalls geht das Gerücht in der Stadt.

Rochus Weigl, der im fünfzigsten Lebensjahr steht, kommt nicht aus freien Stücken zur Roten Nanni. Er liebt das Leben, mag den Tanz, die Musik, verehrt die Frauen und schätzt gutes Essen. Hier ein Schweinernes, dort ein Ochsenbackerl, da ein Krügerl Bier oder zwei, dort ein Flascherl Wein oder zwei – so pumperlgesund wie es scheint, ist der angesehene Mann jedenfalls nicht.

Sein großer Zeh – rechts – bereitet ihm neuerdings höllische Schmerzen. Kaum dass er den Fuß in einen Stiefel hineinbringt. Am liebsten wollt er in Pantoffeln zur Nanni laufen. Aber das geht halt nicht, weil ihm der schlimme Zeh sonst erfroren und abgefallen wär. Dann hätt er wenigstens den Schmerz losgebracht, denkt er grimmig.

»Plagt dich wieder amal die Podagra?«, sagt die Nanni mit angenehm ruhiger Stimme. Sie kennt ihre Leut – so wie die Leut auch sie kennen und trotz allem schätzen.

Rochus deutet auf seinen rechten Hax und verzieht schmerzhaft das Gesicht.

»Und der linke?«, fragt die Nanni.

»Der auch«, jammert Rochus, »aber nicht so arg.«

Die Nanni nickt. »Zieh den Stiefel und den Socken aus.« Sie geht zum Ofen und stellt einen Teller darauf. Hinein legt sie den Beutel mit dem Bohnenmehl.

Rochus hat sich nun doch auf den Schemel hingehockt und unter Ächzen und Jammern den rechten Stiefel ausgezogen. Im Socken ist ein Loch beim großen Zeh. Auch den Socken legt er weg. Die Nanni nimmt einen härenen Strumpf, beugt sich herab und streift ihn vorsichtig über den schmerzenden Zeh. Rochus beißt die Zähne aufeinander und presst die Lippen zusammen. Er könnte schreien vor Schmerz.

Wie aber die Nanni den angewärmten Beutel mit dem Bohnenmehl sanft auf den Fuß presst, seufzt Rochus zufrieden. Der Hax tut gleich nicht mehr gar so weh. Die Nanni ist halt doch eine Heilerin, eine gute Hex; eine Frau, die zu helfen versteht. Man muss ja nicht alles kapieren, was sie zusammenkocht und in ihren Mörsern einstampft. Hauptsache, es hilft.

Und das hat es noch ein jedes Mal.

»Lass den Wein, Rochus«, sagt sie und zieht sich wieder auf ihren Stuhl zurück. »Das Schweinerne ist auch nicht gut.«

Rochus muss die Predigt der Nanni anhören, denn mit dem Bohnenbeutel auf dem Hax und dem härenen Strumpf kann er nicht aus. Was er hört, hat er schon so oft gehört, dass er es nicht mehr anhören mag. Dennoch ahnt er, dass die Nanni recht hat. Aber so ist es halt im Leben …

Statt auf die Worte der Frau einzugehen, sagt er: »Was bin ich schuldig?«

»Zwei Gulden für die Strümpf. Den Beutel schenk ich dir. Den kannst auflegen, wenn es wieder so weit ist.« Dabei grinst sie ihn an, wohl wissend, dass er die Bohnen im Beutel bald wieder brauchen muss. Schwelgerei und Maßlosigkeit sind eine weit verbreitete Krankheit bei den besseren Herrschaften in der Stadt.

Die Kirchenuhr schlägt elf Mal, als Rochus Weigl das Haus verlässt. Der Schmerz ist – wenigstens für diese Nacht – verschwunden. Zufrieden grüßt er den Sepperl, der gerade mit neuen Aufträgen vom Ramlo heimwärts strebt und die Treppen zu seiner Nanni hinaufsteigt.

*

Während man am 26. August 1774 Lessings »Minna von Barnhelm« im Faberbräu in der Sendlinger Gasse zur Aufführung bringt, erblickt Anna Holler, uneheliches Kind des

Stadtmusikus Georg Augustin Holler, in einem heruntergekommenen Münchner Waisenhaus das Licht der Welt. Die kleine Anna hat von Geburt an rotes Haar. Knapp zwei Monate später wird das lebhafte Kind angenommen von dem kinderlosen Lebzelterehepaar Bonifaz und Appolonia Kriegl, Rosental einundzwanzig, Hinterhaus.

Von der Mama Loni wird Anna im Lesen und Schreiben unterrichtet; auch das Rechnen lernt das aufgeweckte Mädchen.

Mit vierzehn Jahren beginnt Anna sich Gedanken über ihre Herkunft zu machen. Sie begibt sich auf die Suche nach der Mutter, von der sie nur den Namen kennt: Dorothea Pfingstl, eine Dienstmagd aus Rosenheim. Mehr weiß sie nicht, und mehr erfährt sie auch nicht.

Ihr Vater, der stadtbekannte Musiker und Komponist Georg Augustin Holler, will sie nicht anerkennen.

Daraufhin verfällt das sensible Kind in tiefe Mutlosigkeit. Zeitweise schließt es sich in ihrem Zimmer ein, wo sie okkulte Schriften und heimliche Hexenbücher studiert. Selbst Appolonia, ihre geliebte Mama, hat während dieser Zeit keinen Zugang mehr zu dem Kind.

Es muss etwas geschehen. Das Mädchen muss aus dem Haus. Es muss unter die Leut, muss unbedingt eine andere Umgebung kennenlernen.

Mit fünfzehn Jahren fängt Nanni als Küchenhilfe beim vornehmen Weinhaus »Zum weißen Lamm« im Rosental neun an, gibt sich jedoch derb und ungeschickt. Als ein Gast an einem Hühnerknochen zu ersticken droht, eilt das Mädchen herbei und rettet dem begüterten Weinhändler Remigius Andergassner aus dem fernen Bozen mit einem geschickten Griff das Leben.

Andergassner verspricht Nanni daraufhin hundert Gulden als Lohn. Das Mädchen glaubt dem schlitzohrigen

Weinhändler und nimmt sich einen Privatlehrer. Als nach einem halben Jahr noch immer kein Geld da ist, hat Nanni Schulden, die sie nun als Spülerin beim Bierwirt Gelber in der Sendlinger Straße ableisten will.

Der Gelber ärgert sie allerdings dermaßen, dass sie ihm gleich wieder davonrennt.

Im Herbst 1799 lernt sie den Sepperl kennen. Und verliebt sich in den fidelen Burschen. Wenig später beziehen sie die beiden Kammern drei Stiegen überm Kamin bei der Putzmacherin Barbara Thürmer am Petersplatz Numero neun.

Liebevoll versorgt er seine Nanni, mit Humor und Geschick. Dafür entziffert Nanni für ihn die Worte auf den Botschaften und versucht hartnäckig, ihm das Lesen beizubringen.

Kinder wollen beide nicht, denn das Leben in der Stadt ist teuer.

*

Sie liegen auf dem Lager, dicht beieinander. Es ist kalt geworden. Nanni zeigt ihm stolz ihren Verdienst – zwei Gulden – und berichtet vom Rochus seiner Podagra.

Der Sepperl ist schon fast eingeschlafen, als sie ihn in die Rippen stößt.

»Kennst du den Klopstock?«

»Wen?«

Nanni ist jetzt hellwach. »Den Klopstock!«

Der Sepperl dreht sich zur Seite, er will endlich schlafen. »Was für einen Hackstock?«, sagt er schlaftrunken.

Nanni setzt sich auf, richtet das lange rote Haar. »Nein. Der Klopstock kümmert sich um die Frauen.«

Jetzt grinst der Sepperl. »Das tu ich doch auch!«, sagt er und will sie umfangen. Die Nanni schiebt ihn weg.

»Die Franziska sagt, wir Frauen müssen um unsere Rechte kämpfen. Freiheit, Gleichheit … Köstlichkeit!«

Jetzt ist auch der Sepperl wach. Was sind denn das für neue Ideen?

»Die Franziska … die Tochter vom Stadtrichter Fuchs?«

»Ja. Die Franziska Fuchs. Hat über dem Hackstock … dem Klopstock sein Sach geredet und ein Verserl draus gemacht.«

»Weiß das der Papa?«

»Noch nicht.«

»Dann gute Nacht!«, sagt er bedeutungsvoll.

Wenig später ist er eingeschlafen.

*

Katharina Fuchs sitzt am Fenster und schaut hinaus in die undurchdringliche Stille. Mitternacht ist lange vorbei. Kaspar Fuchs ist nicht daheim. Er hockt beim Kartenspiel, vermutet Katharina, verliert Gulden um Gulden, trinkt und verkehrt mit aufgedonnerten Weibern. Was ist aus dem Mann, den sie einst geliebt hat, geworden? Wohin ist die Liebe geflohen, wohin ist das Vertrauen verschwunden, das sie einmal mit ihrem Ehemann verbunden hat?

Katharina geht die wenigen Schritte zum Hausaltar, kniet nieder auf dem Betstuhl und betrachtet das Bildnis des Gekreuzigten, der in einem goldenen Rahmen an der Wand hängt. Sie schlägt das Buch mit den biblischen Legenden bei der Heiligen Maxentia, der Mutter des Bischofs Vigilius, auf.

»Heilige Maxentia, immer hast du die Welt mit ihren trügerischen Lüsten und Gütern verachtet, hast nur dem einen Herrn gedient, hast dich abgewandt von Lügen und Intrigen und bist ohne Sünde eingegangen in die ewige Herrlichkeit Gottes. Ich schaue auf zu dir, denn ich bin einsam. Ich sehne ich mich nach einem Menschen, der mir Beistand leistet in der Bitternis dieser Nacht. Denn mein Ehemann …«

Es klopft an der Tür. Centa, die Dienstmagd, ist bereits schlafen gegangen.

Vorsichtig öffnet Katharina. Draußen steht, mit demütig gesenktem Haupte, der Augustinerpater Bonifatius Demlinger, gekleidet in ein dunkles Gewand, die Kapuze gegen den scharfen Wind weit über den Schädel gezogen.

»Was führt Euch zu mir?«, sagt Katharina überrascht. Demlinger ist noch keine dreißig Jahre alt, groß gewachsen, von ansehnlicher Gestalt und mit einer angenehmen Stimme gesegnet.

Katharina bittet den Pater herein. Es kann nichts Unrechtes daran sein, wenn sie als verheiratete Frau allein ist mit einem Manne Gottes. Trotzdem ruht ihr Blick wohlgefällig auf seinem schlanken Körper.

»Das will ich euch sagen«, erklärt der Pater, nachdem er sich gesetzt hat. »Ich meine, dein Mann wandelt auf unrechten Pfaden über Gottes Erde. Das missfällt mir sehr.«

Unvermittelt bricht Katharina in Tränen aus. »Der Kaspar … er ist so oft fort. Er spielt und er trinkt und er hat's mit allerhand Weibern.«

»Jaja«, kommt es von Demlinger, »dein Mann ist ein arger Sünder. Aber, Katharina, unser Glaube ist in Gott. Reich mir deine Hand. Selbst wenn Kaspar siebenmal des Tages wider dich fehlt, und siebenmal umkehrt zu dir und spricht: ›Es ist mir leid.‹ so sollst du ihm vergeben.«

Katharina hat zwei Gläser mit Wein gefüllt und stellt sie auf den Tisch.

»Ich weiß nicht, wie ich das anstellen soll«, sagt sie und trinkt. Auch Demlinger nimmt einen Schluck. Die Gläser sind schnell geleert, Katharina schenkt nach. Endlich ist da jemand, vor dem sie ihre Sorgen, ihre Nöte und ihre Hoffnungen ausbreiten kann. Und wie jedes Mal, wenn der Augustinerpater bei ihr weilt, wird es ihr wohl ums Herz.

»Ich habe keine Kraft mehr, Pater. Auch meine Tochter …«

Demlinger legt ihr den Arm um die Schultern, zieht sie unmerklich an sich.

»Augustinus sagt: Ein Stück des Weges liegt hinter dir, ein anderes Stück hast du noch vor dir. Wenn du verweilst, dann nur, um dich zu stärken, nicht aber um aufzugeben. Du musst an dich glauben, meine Liebe – zuallererst an dich. Und erst dann an Kaspar und Franziska.«

Müde lehnt Katharina den Kopf an seine Schulter. Sie hat den Wein zu schnell getrunken. Jetzt schwitzt sie aus allen Poren. Demlinger bemerkt es und fächelt ihr Luft zu. Wie zufällig berührt er dabei ihre Brust. Ein wohliges Gefühl breitet sich in ihr aus.

»Vielleicht ist es ja so«, sagt sie, »dass der Kaspar an mir nichts mehr findet. Er denkt, ich bin ihrer schon lange überdrüssig. Lästig ist sie mir geworden. Vielleicht glaubt er, ich werde langsam alt und fett.«

Da umfasst Demlinger ihr Gesicht und zieht es zu sich heran. »Du bist weder alt noch fett. Schau dich an! Rank und schlank bist du – eine Augenweide! Kaspar Fuchs ist blind, wenn er deine Anmut nicht erkennt.«

»Wie soll ich das nur glauben?«

»Ich liebe dich«, sagt er und küsst sie auf den Mund.

»Aber«, wehrt sie ab, »Ihr seid doch ein Pater.«

»Gottes Liebe, Katharina, ist allüberall«, entgegnet er, »auch bei uns Patres.«

Hastig öffnet er ihr Mieder. Katharina spürt seine Hände auf ihrer Brust. Sie versinkt in einer heißen Woge, die sie mit sich reißt.

13

Am Freitag, den 17. Januar 1806, ist das Kaiserpaar Napoleon und Joséphine durch das Schwabinger Tor abgereist. Alle Glocken läuten. Kanonen werden abgefeuert.

Man befindet sich im Criminal-Verhörzimmer des Münchner Stadtgerichtes im Rathaus zwischen Schrannenplatz und Tal. Der hohe Raum ist mit Holz vertäfelt, die Decke gleicht einem blauen Baldachin, an der Rückwand sind zwei Gemälde verdienter Ratsherren zu sehen.

Mittig steht, vor dem breiten Tisch des Herrn Stadtrichters, ein einfacher Stuhl, auf dem sich der Angeklagte einzufinden hat. An der rechten Wand erkennt man zwei bodenhohe Fenster, die zum Tal hinaus zeigen, an der anderen Wand etliche Stühle für die Prozessbeteiligten.

Neben der breiten Tür steht eine schmale Bank für den diensthabenden Gendarmen. Heute trifft es den vierunddreißigjährigen Martin Ruederer, seines Zeichens Oberwachtmeister in der schmucken Uniform der Münchner Stadtpolizei. Seine Aufgabe wird es sein, für Ruhe zu sorgen und die Zeugen, die vor der Tür draußen warten, einzeln aufzurufen und hereinzuführen.

Links im Eck steht der winzige Tisch des Gerichtsschreibers. Auf ihn fällt nun des Richters strenger Blick.

»Schriftführer, vortragen«, befiehlt er. Unterdessen studiert er missmutig die vor ihm liegende umfängliche Klageschrift. Dazu schenkt er sich aus der Karaffe den schweren Blaufränkischen in sein Glas und nimmt einen herzhaften

Schluck. Anders ist dieses windige Gezänk nicht auszuhalten.

Mit rauer Stimme beginnt nun der Gerichtsschreiber seinen Vortrag.

»Vor dem Gerichte, vertreten durch Herrn Ehrwürdigen Richter Kaspar Fuchs, erscheinen heute als Kläger: Herr Schreinermeister Pfandl Franz nebst Ehefrau Pfandl Erna, beide wohnhaft Auer Lohstraße drei, Besitzer des Erdgeschosses der dortigen Herberge. Als Beklagte erscheinen Herr Schneidermeister Koller Hans, vulgo Schneider-Hans nebst Ehefrau Koller Walburga, ebenfalls Auer Lohstraße drei, Besitzer des Ersten Obergeschosses der dortigen Herberge. Als Zeuge ist späterhin aufzurufen Herr Moritz Stengle, Wegmacher, entschuldigt und abwesend, vertreten durch seine Mitinwohnerin Therese Stroh, beide nicht verehelicht, ebenfalls Auer Lohstraße drei, Besitzer des Zweiten Obergeschosses der dortigen Herberge.«

Sehnsüchtig linst der Schreiber zur halb vollen Weinkaraffe auf dem Tisch des Richters. Er hustet rachitisch und fährt fort: »Hierzu Anmerkung Numero eins: Gemeinsamer Besitz aller Hausbewohner, *id est* Pfandl, Koller und Stengle, sind das Grundstück, die Umfassungsmauern sowie das Dach der Herberge Auer Lohe drei. Hierzu weitere Anmerkung Numero zwei: Aus Kostengründen verzichten die Parteien auf einen Rechtsbeistand. Zur Sache. Beklagter Koller ist beschuldigt, in gewolltem und bewusstem Zusammenhange, mehrere Kübel Wasser auf den Boden seiner Küche im ersten Obergeschoss geschüttet zu haben, zu dem Behufe, dass das Wasser bis zur Erdgeschosswohnung des Pfandl durchdringe, damit Pfandl nachdrücklich auf den kürzlich erfolgten Dachschaden in der Herberge Auer Lohstraße drei aufmerken muss. Beklagter Koller gibt hierzu an, dass das von der obigen Wohnung des Stengle durchgedrungene Wasser bei ihm in der Küche einfach auf dem Boden stehen geblieben ist und nicht zur Erdgeschosswohnung des Pfandl durchgeflossen sei. Das habe Koller dermaßen erbost, dass er einige – doch mindestens zwei – Kübel Wasser nachgeschüttet habe, damit der Kläger im Erdgeschoss auch etwas von dem nassen Segen habe. Er habe das nicht gern getan, doch sei es die reine Not gewesen. Kläger Pfandl gibt dazu an, das strafbare Verhalten des Beklagten Koller habe letztlich die Einrichtung der Küche sowie des Zimmers mit den Betten seiner im Erdgeschoss befindlichen Behausung vollständig zerstört und unbenutzbar gemacht. Beklagter Koller gibt hierzu an, die Kosten für die Behebung seines Dachschadens keinesfalls allein ertragen zu wollen. Beklagter Koller fordert weiterhin, dass sowohl Pfandl wie auch Stengle, wie durch Gesetz verfügt, an den Kosten des allseitigen Dachschadens anteilig zu beteiligen sind. Soweit der Sachverhalt.«

Der Schreiber lehnt sich zurück; seine Arbeit ist – zumindest vorläufig – getan. Richter Fuchs meldet sich.

»Kläger Pfandl, was haben Sie vorzubringen?«

Da reckt Erna Pfandl den Kragen hoch und reißt den Zeigefinger auf. »Damit dass wir uns gleich richtig verstehn, Euer Eminenzia, der meinige Ehemann kann das bestätigen, was ich Ihnen gleich vorbringen will, indem dass nämlich die Mistpritschn von dem Koller seiner Wally, dem ihrigen Ehemann angeschafft, was sag ich, befohlen hat sie es ihm, dass er mindestens zehn große Kübel mit dreckigem Wasser auf den kotigen Boden von der ihrigen Kuchl geschüttet hat, damit sie – damit es – das Wasser – damit dass es bis zu uns herunterkimmt …«

Den Oberwachtmeister trifft ein strenger Blick des Richters. Ruederer weiß Bescheid und hupft genau eine Handbreit in die Höhe. Das Auftreffen der eisenbeschlagenen

Stiefelabsätze auf dem Holzboden erzeugt einen so durchdringenden Ton, woraufhin alle Anwesenden, auch Erna Pfandl, für einen kurzen Moment still sind. Unter einem Handbreit, das hat der Oberwachtmeister immer wieder ausprobiert, ergibt es keine Wirkung.

»Kläger Franz Pfandl«, beginnt Fuchs, kommt aber nicht weit. Erna Pfandl dreht wieder auf.

»Bin noch lang net fertig, Euer Eminenzia! Der Loamsiader, der was der Alte von der Mistpritschn ist, bringt's ja nicht amal fertig, dass er zu uns runtersteigt und sagt, dass er einen Dachschaden hat, der Foamzuzler, der gselchte! Und weil er den Daniel -«

Richter Fuchs hat ja beileibe schon viel erlebt. Aber so eine freche Missachtung des Hohen Gerichtes ist ihm noch nicht untergekommen. Er haut mit der Faust auf den Tisch, dass die Weinkaraffe erschrickt.

»Halten Sie Ihr freches Mundwerk, Sie *Person.*«

Erna Pfandl gibt sich unbeeindruckt. »Aber Euer Eminenzia, ich wollt doch bloß – oder darf man da herin die Wahrheit net sagen?«

»Tace!«, poltert der Richter mit sich überschlagender Stimme. »Wenn Sie nicht sofort und auf der Stelle Ihre freche Goschn hält, dann passiert was!«

»Was denn«, will sie wissen, aber da zieht sie Franz Pfandl resolut auf den Stuhl und schenkt ihr einen vernichtenden Blick, der sie notdürftig zum Schweigen bringt.

»So!«, sagt der Richter zufrieden, indem er nachschenkt und trinkt. »So – das hätten wir. Und wenn wir schon dabei sind, Beklagter Koller, was sagen Sie denn zu dem Vorwurf, der hier im Raume steht?«

Hans Koller, schmales graues Gesicht, groß und hager, ärmliche Kleidung, eine Bohnenstange, reibt sich die Finger. »Schauens, Herr Richter, ich bin ein einfacher Schneider, hab den Reißmathias von der feuchten Wohnung und kaputte Knie vom ewigen Hocken auf dem Schneidertisch. Wir sind arme, aber ehrliche Leut.«

»Das scheint mir im Augenblick aber nicht so«, meint der Richter.

»Ja mei. Unser Geschäft tragt nicht viel. Durch das Wasser, das vom Stengle runterkommen ist, ist unser Hausrat, unser Werkzeug, die Kleidung von der Kundschaft zum Reparieren, alles das ist draufgegangen. Das muss ich dreckerlweis ersetzen. Das zahlt mir keiner. Und wenn jetzt auch noch der Dachschaden mit seinen Kosten daherkommt und sich der Pfandl einfach nicht dran beteiligen mag, obwohl er das muss, dann hab ich mir halt nicht mehr anders zu helfen gewusst.«

»Haben Sie ihn denn zu der Sache befragt?«, will der Richter wissen.

»Nein.«

»Warum denn nicht?«

Schweigend sucht der Beklagte den gestrigen Tag auf dem Boden. Ihm ist deutlich anzusehen, dass er den vermögenden Schreinermeister Pfandl nicht ausstehen kann. Der Koller mag den Pfandl nicht, weil er dem Kerl das einträgliche Holzgeschäft neidet. Das gibt er offen zu und nörgelt damit auf der Gasse herum. Dafür gönnt er ihm sein böses Weib von ganzem Herzen.

Der Pfandl hingegen deutet den Neid vom Koller als Lob, als Kompliment, und er freut sich sakrisch, wenn's den Schneider-Hans zwickt.

14

Der Richter leert sein Glas, will nachgießen, doch die Karaffe ist leer. Missmutig blickt er aus dem Fenster. Was er sieht, drückt ihm Sorgenfalten auf die Stirn. Soeben marschiert ein Trupp Voltigeure, leichte französische Infanterie, in ihren gelben Uniformen durch das Tal in die Stadt. Es müssen Hunderte, Tausende sein – wohin mit so vielen Männern?

Angewidert wendet Kaspar Fuchs sich wieder der Verhandlung um den »Dachschaden« in der Auer Lohe Numero drei zu.

»Fassen wir zusammen. Im Spätherbst des Jahres 1805, so entnehme ich es der Klageschrift, ist bei einem strengen Unwetter durch das Dach vom zweiten Obergeschoss etliches Regenwasser in die Wohnung der Familie Stengle eingedrungen. Das Wasser ist bis zur Wohnung im ersten Obergeschoss zum Koller gelaufen und dort stehen geblieben.«

»Wo der Koller, der hundshäuterne Saubeutel, behauptet hat, der Daniel …«, hebt Erna Pfandl wieder an, aber da fährt der Richter energisch dazwischen.

»Ruhe – oder du gehst in Arrest! So. Nachdem also das Wasser in der Küche vom Koller verstockt ist, hat der Koller mindestens zwei Kübel Wasser auf seinen Küchenboden geschüttet, damit es zum Erdgeschoss beim Pfandl durchgedrungen ist.«

»Weil wir halt nimma anders können haben«, lässt sich die alte Kollerin vernehmen. Ihre Haut gleicht der fleckigen Schale einer Erbse. Die früher wohl braunen Augen sind zu einem milchigen Blau verkommen. Ihr spärliches Haar trägt sie in einem kleinen Knoten am Hinterkopf. Die Fingerknochen sind unter der pergamentartigen Haut deutlich sichtbar. Die Kleidung besteht aus lauter Flicken, der viel zu kurze Mantel ist an den Ärmeln ausgefranst. Eine Haube trägt sie nicht.

Das Weib könnte einem erbarmen, schießt es dem Richter durch den Kopf. Aber einen derartigen Gedanken muss er sich streng verbieten.

»Festzuhalten ist das Folgende«, fährt er fort, »wie erwähnt gilt laut Gesetz, neben anderem, das Dach der Herberge als gemeinsames Eigentum. Id est, alle drei Eigentümer, Stengle, Koller und Pfandl, haben für die Reparatur des Daches zu gleichen Teilen aufzukommen.«

»Ja, garnia net!«, plärrt die Pfandlin dazwischen.

»Halt's Maul!«, stemmt sich der Richter dagegen und erhebt sich abrupt. Für heute reicht es ihm, und der Wein ist auch gar.

Erna Pfandl, das alte Fegeisen, zieht wieder los: »Niemals gar nie nicht, Euer Eminenzia. Weil nämlich der Koller und der Stengle, der Kanalratz, den selbigen Daniel direkt vor unserer Haustür ausgeleert haben.«

Richter Fuchs greift in die Tasche. Er zieht eine silberne Schnupftabaksdose heraus und nimmt eine gewaltige Pris. Das ist sein letztes Mittel, sich zu beruhigen. Die gute Meerschaumpfeife wartet daheim in der Stube.

Es dauert eine Weile, dann bricht sich ein gewaltiger Nieserer an den Wänden.

»Gesundheit!«, ermächtigt sich Erna Pfandl.

»Danke!« Der Richter schnäuzt zufrieden und steckt das Sacktuch wieder zurück in die Tasche.

»Was oder wer ist der Daniel?«, sagt er dann etwas besonnener.

Oberwachtmeister Ruederer hupft und erklärt: »Zu Befehl, Herr Stadtrichter, weil die Herbergen keinen Abort nicht haben, wird der Kot in einem Tonkübel, dem Daniel, gesammelt und dann in den Auer Mühlbach geschmissen.«

»Und der Daniel is Eana vor der Haustür auskommen«, stellt der Richter fest, zu Koller gewandt.

»Weil nämlich dieser Waschlappen …«

Jetzt klatschen des Richters beide Fäuste auf den Richtertisch. »Halt endlich dein ungewaschenes Maul, Weib!«

»Und weil die Stengle, die wo gar keine Stengle net ist, sondern eine ganz eine anderne, so eine halbseidene …«

Wieder ein Blick zum Oberwachtmeister. Der hupft. In die winzige Pause hinein befiehlt der Richter: »Die Zeugin Therese Stroh respektive Stengle.«

Diesmal hupft der Gendarm nicht, sondern führt die Zeugin herein. Sie macht einen Knicks und stellt sich artig vor den Richtertisch.

»Zeugin Stroh. Bitte erläutern Sie dem Hohen Gericht, warum Ihr Mitbewohner Hermann Stengle zu diesem heutigen Termin nicht erschienen ist. Hat er verschlafen?«

»Nein, Herr Hohes Gericht. Verschlafen hat er nicht, aber er liegt trotzdem im Bett, Herr Hohes Gericht.«

»Aha. Und warum, wenn die Frage erlaubt ist.«

»Der Hermann, was mein Verlobter is, is ein Wegmacher. Weil ihm aber die Pfandlin den halberten Hax abgeschlagen hat, liegt er jetzt im Bett drinnen und kann nicht herkommen, Herr Hohes Gericht.«

Der Stadtrichter wirft einen strengen Blick hinüber zum Schreinermeister.

»Wie ist denn das passiert?«

Statt dem Schreinermeister, der ruckartig den Kopf einzieht, antwortet die Zeugin Stroh: »Herr Hohes Gericht, der Hermann hat mit dem Pfandl reden wollen, wegen dem kaputten Dach, und was das alles kosten tät, aber die Pfandlin hat's net hören wollen und hat dem Hermann ...« Die junge Frau bricht in Tränen aus. »... hat dem Hermann mit einem Prügel den halberten Hax abghaut.«

»Alles Lüge!«, plärrt Erna Pfandl dazwischen. »Die Hur lügt doch, wenn sie's Maul aufreißt!«

Kaspar Fuchs bleibt gelassen. »Und wenn *du* noch einmal dein Maul aufreißt, Pfandlin, dann lass ich dich fünf Tag – nein, sechs Tag einsperren. Ohne Wasser und ohne Brot. Hast mich verstanden?«

Halbherzig nickt Erna Pfandl. Und schweigt für ein paar Minuten.

Die Verhandlung nimmt ihren Verlauf.

»Stimmt es«, will Fuchs wissen, »dass die Männer den ... den ... Daniel vor die Tür und nicht in den Auer Mühlbach gekippt haben?«

Stumm nickt die Zeugin Stroh und windet die Hände. »Das hamma so ausgemacht.«

»Warum denn?«

»Weil die Pfandlin auf der Gassn allerweil das gräusliche Lied singt.«

»Ein Lied?«, gibt sich der Richter überrascht. Vielleicht wird es doch noch ganz lustig, vielleicht kommt ein Schuhplattler vom Schreinermeister Pfandl dazu – bloß der Wein fehlt. »Erna Pfandl, dann trag Sie doch einmal das benannte Lied vor.«

Man glaubt es nicht, man muss es erlebt haben: Erna Pfandl kriegt einen roten Schädel auf.

»Hast ebba Lampenfieber?«, fragt der Richter süffisant. »Bei mir brauchst dir nix denken. Ich hab's gern, wenn gesungen wird. Weil das in einem Gerichtssaal selten vorkommt.«

Franz Pfandl gibt seiner Angetrauten einen heftigen Puffer. Langsam stellt sie einen Fuß vor, und hebt an:

»Des is da Schneider Hans,
da Schneider Hans, da Schneider Hans,
der zahlt sei Zech nia ganz,
ja, ja, da Schneider Hans!«

»Bravo!«, klatscht der Richter: »Gibt's eine Zugab auch?«
Jetzt ist die Pfandlin in ihrem Element:

»Des is da Schneider Hans,
da Schneider Hans, da Schneida Hans,
bei dem, da stimmt's net ganz,
ja, ja, da stimmt's net ganz!«

Fuchs hebt die Hand: »Danke, mir reicht's. Im Grunde erfüllt dieser Text den Tatbestand der Beleidigung, aber weil dein Gesang so gefällig war, will ich vielleicht darüber hinwegsehen.«

»Dank schön, Euer Eminenzia«, sagt die Pfandlin rotbackig und hockt sich still nieder. Auf der Gasse kann sie jetzt einem jeden erzählen, dass sie vor dem hohen Münchner Stadtgericht hat singen dürfen – weil sie halt eine so gefällige Erscheinung ist.

Kaspar Fuchs erhebt sich.

»Aufstehn – alle!«, befiehlt der Oberwachtmeister und hupft.

»Es ergeht folgendes Urteil«, führt der Richter mit trockener Kehle aus. »Der Dachschaden in der Auer Lohe ist anteilig von allen drei Eigentümern zu gleichen Teilen, ohne Ansehens der Wohnungsgröße, zu bezahlen. Schreiber, hast du das?«

Der Schreiber nickt ergeben.

»Gut. Bevor nun die Verhandlung endet«, sagt er grimmig, »verurteile ich den Kläger Pfandl dazu, sämtliches kaputtes Mobiliar ohne zu erhebende Kosten zu ersetzen – und zwar stante pede!«

»Warum denn das?«, entfährt es Pfandl, der blass geworden ist.

»Da fragst auch noch?«, erbost sich der Richter. »Bedank dich bei deinem bissigen Drach ... Weib und ihrem damischn Liadl!«

Erna Pfandl ist aufgesprungen. »Aber Sie haben doch grad gesagt, Euer Emininzia, dass Sie auf ... dass Sie wegen dem Tatverstand zwengs der Beleidigung nix machen.«

Kaspar Fuchs, der nun knapp davor ist, dass ihm der Kragen platzt, setzt heftig hinzu: »Die Möbel, weil der Wegmacher zwengs dem kaputten Hax nicht arbeiten kann!«

Dann scheucht er die ganze Bagasch mit einer heftigen Handbewegung zur Tür hinaus. Er ruft den Gendarm Ruederer zu sich und erteilt ihm den Befehl, den Finessensepperl aufzutreiben. Dann verfügt er sich stante pede zum Rosenwirt am Rindermarkt. Dorthin ist der Sepperl befohlen.

15

»Ein hiesiges Blatt lieferte auf einem Kupferblatte die Abbildung einer Votivtafel, welche zu Engern, einem Dorfe unweit von Tegernsee, hängt, und worauf die Bauernschlacht von Sendling am Christtage 1705 abgebildet ist. Da es am verflossenen Christtage genau hundert Jahre waren, dass diese mörderische Schlacht vorgefallen ist, so hält man es nicht für überflüssig, dieses merkwürdige Treffen ins Gedächtnis zurückzurufen und einige nähere Umstände davon anzuführen.«

Der Hansbauer hockt am Tisch der guten Stube und studiert, neben einer Schale mit Kaffee und einem Scherzl Brot, das Königlich Bairische Wochenblatt vom 17. Januar 1806. Darin werden die Sendlinger Mordweihnacht und deren schlimme Folgen beschrieben: »Bekanntlich wurde in dem unglücklichen Kriege, der aus dem spanischen Sukzessionskriege zwischen Baiern und Oestreich entstand, Baiern von den Oestreichern besetzt und in Administration genommen. Da die bairischen Unterthanen die ungeheuren Bedrückungen nicht weiter auszuhalten, und die aufgelegten Kontributionen nicht mehr zu bestreiten vermochten, bildeten sie, besonders aus der Klasse des Bauernstandes, eine Landes-Defensions-Armee ...«

Der Hansbauer, ein gewaltiger Mensch von knapp vierzig Jahren, mit einem noch gewaltigeren Bauch, drischt mit der Faust auf den Tisch, dass der Kaffee überschwappt. »Eine Landes-Defension ... das brauchen wir gegen die Franzosen. Damit es nicht grad so hergeht wie vor hundert Jahr gegen die Östreicher.«

Er leert die Schale in einem Zug.

»Loni!«, brüllt er, »Tinte, Feder und Papier. Ich muss dem Sixtus schreiben!«

Das Anwesen vom Hansbauern, südlich der Kirche im alten Dorfkern von Giesing gelegen, ist ein stattlicher Hof. Er besitzt im Umkreis neunundzwanzig Komma neunundsechzig Tagwerk Grund, zweiundzwanzig Komma null acht Tagwerk Acker und drei Komma null fünf Tagwerk Wiesen. In den Ställen stehen acht Rösser und sechzehn Rinder.

Der beständige Ärger mit dem Hiasbauern von der Bergleitn und seinem Buben, dem rotznasigen Veitl (»Der ganze Bua a Depp!«) macht ihn stocknarrisch. Nämlich der Hiasbauer, so geht die Red, hat an Allerheiligen am hinteren Eck vom Hansbauern seinem Acker bei der Birkleitn zwei Grenzsteine versetzt – bei Nacht und Nebel, versteht sich. Der Hansbauer ist ihm bloß deswegen draufkommen, weil der eine Grenzstein ein paar Wochen später umgefallen ist: Der damische Hiasbauer hat ihn verkehrt herum eingesetzt ghabt.

Was der Hansbauer sagt, wiegt schwer; weit über die Grenzen Giesings hinaus. Sein Wort jedenfalls gilt es nun einzusetzen – bevor es wieder zu spät ist wie anno 1705.

Gewichtig kritzelt die Feder übers Papier.

»Wo mir beim letzten Treffen im Voltari bei die Gendarm grad noch auskommen sind. Müssen reden, das mir gegen die Franzosen aufstehen, die wo unser Baiernland verderben. Wolln mir auch redn mit deine unzufriedenen Holzhauer, damit mir eine Landes-Defension machen: Metschank Tumberger in der Neuhauser Gasse am Sebastianitag, 20. Januar, um zehne bei der Nacht. Bring zwei Kameraden mit, das mir reden kinna … HB«

Zufrieden legt der Hausherr die Feder weg. Er bläst noch einmal über das Blatt, damit die Tinte trocknet. Dann faltet er sein Werk streng zusammen und schreibt Sixtus drauf.

»Loni, den bringst zum Ramlo, damit ihn der Sepperl zur Centa tragt – aber sag net, von wem dass er ist!«

16

Erna Pfandl ist unterwegs auf dem Viktualienmarkt. Die Kirchenuhr zeigt die zehnte Stunde.

Der Mann arbeitet, das Wetter ist kalt, aber schön, und die Wolken wandern träge über den Himmel.

Die Pfandlin hat sich herausgeputzt, als wenn ein Feiertag anstünde. Und anstatt dass sie zum Metzger bei der Rossschwemme hinübergeht, um einzukaufen, lässt sie sich auf einem sonnigen Platz beim Café Huthmacher nieder. Sie bestellt einen Pharisäer und ein Stück der köstlichen Malakoff-Torte mit Biskotten.

»Pressiert net …«, sagt sie gut gelaunt zu dem Serviermädl, das kurz darauf das Gewünschte bringt.

Man kann nicht genug schauen. Die Radiweiberl sind an den Biertischen drüben bei den Marktständen unterwegs. Die vormittäglichen Müßiggänger hocken bei der zweiten Maß und genießen ein Gansviertel, ein Stück vom Hackbraten samt Soß und Knödel oder gleich ein eingemachtes Kalbfleisch.

Die Sonne, obwohl noch kalt im ausgehenden Januar, strahlt vom Firmament, als wollte sie den Frühling einläuten.

Der Pharisäer hat seinen Weg in den Magen der Pfandlin gefunden, ebenso die Malakoff-Torte.

Auf einem freien Platz hat sich eine Gruppe junger Männer eingefunden. Sie singen das Pfannenflickerlied und tanzen dazu:

»Z'nachst ging ich in die Arbeit aus,
da kam ich in die Au.
Da schreit aus einem schönen Haus,
ojeh, a dicke Frau …«

Der Rest der nicht grad stubenreinen Strophe geht im Lärm der geschlagenen Pfannen unter.

»Geh, bring mir noch ein Schlückerl von dem guten …«, sagt sie gut gelaunt zu dem Servierviermädel. Lang schon ist die Gattin vom Schreinermeister Pfandl aus der Auer Lohe Stammgast, und so weiß das Serviermädl, was die Dame begehrt: einen *Otard* – besten französischen Cognac.

Erna Pfandl setzt zum Trinken an, da fällt ein Schatten auf ihr Gesicht.

»Welch eine hübsche Überraschung, Mademoiselle«, sagt ein Herr und verbeugt sich höflich.

Die Pfandlin blickt auf, etwas verwirrt und geschmeichelt von den Worten des Mannes. *Mademoiselle* hat sie draußen in der Au jedenfalls noch keiner geheißen.

»Darf ich mich vorstellen: Demlinger mein Name«, sagt er.

»Seid Ihr nicht der bekannte Augustinerpater?«, haucht sie errötend … was für ein Kavalier, denkt sie, ein Kerl nach ihrem Geschmack. Mit feinen Manieren und gepflegten Händen.

Ganz anders als ihr holziger Schreinermeister, der nur Zahlen und Maße, Baumstämme und Liefertermine im Kopf hat, und der am Abend todmüde ins Bett sinkt und zum Gotterbarmen schnarcht.

Sie spürt den Cognac und den Rum vom Pharisäer; vielleicht ergibt sich ein kleines Abenteuer. Zeit genug hat sie …

Demlinger nimmt einen derzeit in der Stadt angesagten Zarenkaffee.

»Wie ist das werte Befinden?«, erkundigt er sich.

»Man ist wohl.«

»Und daheim?«

»Ach ...«

Demlinger trinkt einen winzigen Schluck. Mit einem Seidentüchlein wischt er sich über die Lippen. »Alles wohlauf?«

»Schon ...«

»Aber?«

Die Pfandlin ist unruhig. Liegt es an der Sonne oder an dem Mann – sie weiß es nicht. »Er versteht mich halt net.«

Demlinger putzt das Näschen. »Euer Ehemann? Das tut mir leid.«

»Braucht's net.«

»Ehen werden im Himmel geschlossen«, sagt er weise, »aber dass sie gut geraten, darauf wird dort nicht geachtet.«

Erna Pfandl verdrückt eine Träne und bestellt noch einen Pharisäer. »Ein Weib hat halt auch geheime Wünsche. Aber das verstehen die Männer nicht. Und der meinige schon gleich gar nicht.«

Demlingers Zarenkaffee ist leer getrunken. »Geheime Wünsche?«

»Ach ...«

»Ich mache Ihnen einen Vorschlag«, sagt er und winkt dem Serviermädl. »Wir gehen zu mir in die Wohnung und Ihr sprecht mir von Euren Wünschen. Dabei könnt Ihr sicher sein, Eure Geheimnisse sind in meinem Herzen wohl verwahrt.«

Unter charmantem Geplauder erreichen sie Demlingers Behausung im Augustinerstock. Jetzt sitzt Erna Pfandl wie ehedem Franziska Fuchs auf des Paters Kanapee und schaut zu, wie er den Maria-Theresia–Mokka mit einem Schuss Orangenlikör vor sie hinstellt. »Wie ihn die Wiener mögen«.

Sie stoßen an und trinken, und der Demlinger, weil er ein Verführer der besonderen Sorte ist, rückt ein bisserl näher zu ihr hin.

Eigentlich ist sie nicht unbedingt sein Typ; ein wenig überstandig; gut über die vierzig hinaus und mollig, eigentlich schon fett. Aber, grinst er, man nimmt, was man kriegt, und beklagt sich nicht.

»Heiß bei Euch«, sagt sie und öffnet einen Miederknopf.

Warum nicht gleich zwei, oder alle und das Hemd auch, denkt er; warum dauert denn das immer so lang, bis man die Weiber im Alkoven hat?

Geduld, Demlinger, Geduld!

»Was Eure geheimen Wünsche angeht, verehrte Mademoiselle …«

»Erna«, sagt sie und knöpft.

»Was nun deine geheimen Wünsche angeht, liebste Erna, so bin ich jetzt ganz Ohr. Du kannst mir alles anvertrauen – alles und jedes.«

»Auch meine geheimsten Geheimnisse?«

»Ja, besonders die … Warte, ich helfe dir, das Mieder abzulegen … nun?«

Die Pfandlin leert den Mokka. »Also, lieber Demlinger. Ich mein, ich möcht amal einen Mann haben, einen Kerl, der wo einen ganz dicken hat …«

»Einen ganz dicken?«, keucht er und sieht ganz dicke Bilder vor seinem geistigen Auge.

»Ja, einen mit viel Ausdauer.«

»Das«, hechelt er, »musst du mir genau erklären, liebste Erna. Geh her …«

Er ist bereits nackt, als sie zu ihm in den Alkoven tritt. Sie betrachtet seinen Fidibus und wendet sich ab. Das ist kein Fidibus nicht, das ist ein – ein kärgliches Schnürl.

In diesem Augenblick melden sich ihr böses Blut und

damit auch der lang unterdrückte Hass auf die Männer. Was bilden sich die Lumpen ein? Wollen die Krone der Schöpfung sein, die Herren über Geldbörse und Aufzucht der Kinder? Dreck sind sie in Ernas Augen – Dreck und Kümmerlinge und Versager!

Aber ich, Erna Pfandl, Ehegemahlin des holzigen Schreinermeisters Franz Pfandl aus der Auer Lohe bei der Gemeinde Giesing, muss mich trotzdem nicht von einem windigen Pater bespringen lassen – noch dazu mit solch dürftigem Schnürl. Der Zipfelklatscher braucht einen Denkzettel!

»Ich hab einen solchen Durst«, jammert sie und geht hinüber zum Herd, in dem ein ansehnliches Feuer brennt. Mit der Schaufel fährt sie in das Ofenloch und fasst ein Stückchen glühende Kohle, die sie hinter ihrem Rücken verbirgt.

Sie kehrt zurück zum Demlinger, der daliegt wie ein Protz und auf ihre Brüste starrt.

»Was riecht denn da?«, sagt er aufschreckend.

Die Pfandlin kommt nicht mehr dazu, das Kohlestückchen auf sein Schnürl zu werfen. Heftig schlägt er gegen ihren Arm; die Schaufel samt der glühenden Kohle fliegt in hohem Bogen auf das Kanapee.

Dann ist er über ihr.

Das christliche Abendland versinkt – bis die Flammen vom Kanapee bis zur Decke schlagen.

Wie der Herrgott sie geschaffen hat, stolpern sie hinaus auf die Gasse: Der Augustinerpater Bonifatius Demlinger und die Schreinermeistersgattin Erna Pfandl.

Der Augustinerstock brennt lichterloh. Nackert und plärrend vor Angst und Scham fliehen sie zum Schrannenplatz, wo sie von der Scharwache festgesetzt werden.

Breitbeinig wälzt sich der Skandal durch die Münchner Stadt. Es dauert nicht lang, bis er die Auer Lohe erreicht.

Schreinermeister Pfandl wählt einen extra gewachsenen Eichenknüppel. Damit verprügelt er seine Angetraute dermaßen, dass sie drei Tage im Bett liegen muss – flennend und ohne ein Wort zu reden.

Und den brünstigen Pater hat man danach lang nicht mehr in der Stadt gesehen.

17

An einem Vormittag begleitet der Sepperl den Baron Sulzbeck zu einem stattlichen Haus in der Kaufinger Gasse. Professor Doktor Pfleglein hat hier seine Praxis. Die Wände sind mit Seidentapeten bedeckt, auf dem Tisch im Wartezimmer stehen verschiedene Getränke bereit, und das Personal ist von auserlesener Höflichkeit. Durch die Räume zieht ein sanfter Duft nach Kamille. Was jedoch dem Sulzbeck seine Fahne nicht überdecken kann.

Der arme Kerl hat sich, aus lauter Angst, dass ihm der Professor jetzt gleich und auf der Stelle seine berühmte Nase heruntersäbelt, kräftig Mut angetrunken und einen Wurstsalat dazu verdrückt. Deswegen stinkt jetzt die ganze Bude nach Bier, Zwiebeln, Knoblauch und Käs.

Sie warten eine geschlagene Stunde. Endlich zieht der Sulzbeck seine Spielkarten aus der Joppe und sie dreschen einen zünftigen Tarock. Dann ist es so weit. Das spindige Fräulein, das als Empfangsdame fungiert, führt sie ins Sprechzimmer.

»Setzen Sie sich«, tönt der Professor. Pfleglein trägt einen weißen Mantel, auf dem Kopf eine weiße Wollmütze, die einer Schlafmütze gleichkommt, dazu weiße Hosen, weiße Hausschuhe und einen weißen Vollbart. Für einen Arzt ist er viel zu fett.

»Was führt Sie zu mir?«

Sulzbeck schaut erst zum Sepperl, dann zum Professor.

»Du wolltest doch meine Nasn kaufn«, poltert er.

»Deine … Ihre Nase? Wer sind Sie denn?«

»Der Baron Sulzbeck bin ich, verstehst: *der* Baron Sulzbeck.«

Indigniert streichelt Doktor Pfleglein seinen Bart. »Sie – ein Baron?«

»Ja freiling. Und ein Kapellmeister bin ich auch, bloß dass d' es weißt.«

»Ich verbitte mir diesen Ton, Sie.«

Eine Pause entsteht. Der Sepperl rafft sich auf, sonst dauert diese Unterredung den ganzen Tag und am End schmeißt man sie wegen der Grobheiten vom Sulzbeck noch hinaus.

»Herr Professor, ich darf mich vorstellen. Ich bin der ehrengeachtete Finessensepperl.«

»Ahhh … von dir hab ich schon gehört.«

»Ich hoff nur Gutes, Herr Professor. Bei dieser delikaten Angelegenheit handelt es sich um ein Kaufangebot, welches Sie, verehrter Herr Professor, meinem Freund, dem ehrenwerten Kapellmeister Baron Sulzbeck, auf der letzten Dult eröffnet haben.«

»Kann mich nicht erinnern«, grunzt Pfleglein.

»Is ja klar«, sagt Sulzbeck, »hast ja sechs Maß Bier intus ghabt, du bsoffnes Waagscheitl.«

»Ööhh …«, entfährt es Pfleglein, dem plötzlich unwohl ist.

»Ja, und nacha hast gsagt, du zahlst mir sechshundert Gulden, wenn ich dir meine Nasn verkauf.«

»Das soll ich gesagt haben?«

»Freiling hast es gsagt, du Kurpfuscher.«

»Wenn das stimmt, Herr Baron, was im Übrigen noch zu beweisen wäre, so trete ich hiermit von diesem Angebot zurück.«

»Was hast gsagt?«

»Ich trete zurück.«

Sulzbeck springt auf. »Das gibt's ja gar net. Erst einen Handel ausmachen und dann den Schwanz einziehen.«

Verzweifelt streicht Pfleglein über seinen Bart. Er schwitzt. Was soll er tun? Er kann sich an nichts erinnern, an überhaupt rein gar nichts mehr kann er sich erinnern. Nur dass ihm die Musik so dermaßen gut gefallen hat, dass er einen Krug um den andere spendiert und selber beharrlich mitgehalten hat.

Sechs Maß Bier? Allein bei dem Gedanken daran schüttelt es ihn. Wie kann ein angesehener Mediziner nur so tief sinken? Es war die Musik. Die Musik ist schuld an der Sauferei. Und damit der Kapellmeister Sulzbeck. Der trägt die Schuld an alldem. Pfleglein selber ist vollkommen reinen Gewissens.

Er räuspert sich.

»Haben Sie einen Vertrag, Herr?«

»Was hab ich?«

»Einen schriftlichen Vertrag, ein Dokument?«

»So weit kommt's noch«, empört sich Sulzbeck, der die Welt nicht mehr versteht. »In die Hand hinein hast es mir versprochen, dass du meine Nasn kaufst, in die Hand hinein.«

»Vorschlag zur Güte«, mischt der Sepperl sich ein. »Sie, hochverehrter Herr Professor Doktor Pfleglein, erstatten Herrn Kapellmeister Sulzbeck zum Ausgleich für seine Auslagen, sagen wir, dreihundert Gulden. Das ist ein schönes Angebot. Herr Kapellmeister Sulzbeck verzichtet dann auf weitere Forderungen. Damit ist die Angelegenheit erledigt.«

»Dreihundert Gulden?«, keucht der Professor. »Für seine Auslagen? Was sollen denn das für Auslagen sein?«

»Oder wollen Sie, dass man sich vor Gericht wiedersieht und alles an die Öffentlichkeit gelangt?«

Der Professor erschrickt. Öffentlichkeit? Gericht? Was sagen die Leut? Am End verliert er Patienten wegen dieser

Sauftour. Nein. Da bezahlt er lieber. In seiner Panik vergisst er sogar, die Summe zu drücken.

Pfleglein erhebt sich schwerfällig, öffnet den Geldschrank im Hintergrund und blättert dreihundert Gulden auf den Tisch.

»Und jetzt verlassen Sie bitte umgehend meine Praxis!«

Sie stehen wieder auf der Straße. Den Sulzbeck zieht es hinüber zum Dürnbräu. Von der Verhandlung hat er einen mächtigen Brand bekommen. Der muss gelöscht werden.

Sie hocken am Tisch, vor sich einen Krug Bier. Nachdem sie getrunken haben, bestellt Sulzbeck – es ist bereits nach Mittag – eine reichhaltige Portion Knöcherlsulz für alle zwei. Zur Nachspeis gibt es einen Birnschnaps.

Baron Sulzbeck lehnt sich zurück, fährt sich zufrieden über den Bauch. Dann blättert er die dreihundert Gulden auf den Tisch.

»Da«, sagt er. »Nimm dir hundert. Hast sie verdient.«

Der Sepperl winkt ab. Er nimmt kein Geld. Das weiß auch der Sulzbeck. Aber der Wille zählt fürs Werk.

»Behalt dein Geld«, sagt der Sepperl. »Bestell mir lieber noch eine Maß, dann sind wir quitt.«

Es werden noch ein paar Krüge mehr. Zuletzt will der Sepperl noch was wissen: »Die Sauferei auf der Dult.«

»Ja?«

»Ist die wahr?«

»Mit dem Professor?«

»Genau.«

»Nix is wahr«, grinst der Kapellmeister, »aber gut erfunden.«

»Hallodri!«, entfährt es dem Sepperl.

»Und das nächste Mal such ich mir einen Grafen.«

»Oder einen Baron, Herr Baron!«, lacht der Sepperl.

18

Am Samstag hocken s' halt wieder beisammen beim Ramlo, der Sepperl und der Meister Flinserl.

Der Sepperl stimmt die immer gleiche Leier an: »Herrgottsakrament, warum soll ich das Lesen und das Schreiben lernen?«

Die Kellnerin schaut fuchsig zur Decke hinauf. Sie kennt dem Sepperl sein Problem schon in- und auswendig. »Weil du dann endlich selber lesen kannst.«

»Nein!«, insistiert der Sepperl. »Weil's die Nanni unbedingt so haben will. Jedes Mal fangen wir mit dem A an. A wie Abfl. Dann B wie Blunzn. Und nachher C wie Centa.«

»Und dann«, ergänzt Sophie, »ist es vorbei, weil die Nanni dem Stadtrichter seine Centa nicht leiden kann.«

»So ein Käs«, wirft der Sepperl ein.

»Kein Käs. Die Centa hat's auf dich abgsehen. Und das passt der Nanni nicht, weil du ihr ghörst.«

»Ich ghör überhaupts gar nie nicht der Nanni – ich ghör ganz allein mir! Und keinen Brief hab ich bis jetzt noch net falsch austragn!«

Der Sepperl schweigt verstockt. Es mag ja stimmen, was die Kellnerin sagt. Die Centa, Dienstmagd und Köchin beim Stadtrichter Fuchs nämlich … na ja … die hat schon was … was Rundes … was Gsundes … was Dantschiges …

Als hätt er bloß drauf gewartet, beginnt der Flinserlschneider nach einem kräftigen Schluck seine ewig gleiche und auf ewig gültige Begebenheit zu erörtern.

»Wie dem Deixel seine Oma gestorben ist, das war im 1540er-Jahr, da hat er alles geerbt, was es da drunt in der Hölle zum Erben geben hat. Da waren zum Beispiel, nur dass ich es sag, sieben mächtige Öfen mit einem Schlund so groß wie der Tegernsee. Dazu etliche hundert Klafter Eichenstämm zum Heizen, weil die Öfen allerweil haben brennen müssen.«

»Hast nix vergessen?«, gemahnt ihn der Sepperl, der die Geschichte so gut auswendig weiß, dass er sie selber hersagen könnte.

»Was denn?«, sagt der Flinserl und flinserlt mit den Augen, weil er schon an der dritten Maß hängt.

»Die Ruten!«

»Ach, die Ruten«, besinnt sich der alte Schneider, »die Ruten waren so hart und stachlig, dass ein einziger Schlag auf den Buckel von einem Sünder für die halberte Ewigkeit ausgereicht hat.«

Er ordert die nächste Maß, weil's ihm sauwohl ist.

»Und dann ist der Ripperlhans kommen und wollt seinen Anteil haben, weil der Teufel alles geerbt hat und er selber nix. Über das sind sie in einen sakrischen Streit kommen. Der Deixel hat einen Eichenstamm von vierzehn Bamberger Ellen gepackt und hat den Tod erschlagen wollen. Aber der Ripperlhans ist einfach nicht hin worden, weil er immer schon hin war.«

»Logisch!«, sagt die Sophie, die sich zu den beiden Männern gesellt hat.

»Und weil der Sauteufel von einem Tod einfach nicht hin worden ist, hat der Deixel einen noch dickeren Baum packt und hat den Ripperlhans herdroschen, dass die ganze Unterwelt in Aufruhr kommen ist. Aber – es war so und es bleibt so: Der Tod lebt und der Teufel hat sich bei der Rauferei das linke Hörndl abgstossn.«

»Und dann?«, sagt der Sepperl.

Es kommt zu keiner Antwort, weil in diesem Augenblick der Oberwachtmeister Ruederer die Lokalität betritt und den Sepperl holen muss. Er kriegt noch schnell ein Stamperl vom Schlehengeist, dann ziehen sie ab, zum Stadtrichter in den Rosenwirt am Rindermarkt.

*

»Vroni, bringst ihm ein Gansjung und eine Maß Bier.«

»Untertänigst, Herr Stadtrichter«, nickt die Kellnerin und eilt in die Kuchl der Weinstube, das Gewünschte zu bringen.

Wie der Sepperl einen Schluck getrunken hat, beginnt der Richter sein Sorgenpackl aufzuschnüren.

»Versteh mich recht, Sepperl, die Schulden bei der Scholastika wachsen mir über den Kopf. Was soll ich bloß tun?«

Der Sepperl beißt herzhaft in ein Stück Fleisch. Dann sagt er: »Gehst halt nimmer hin.«

Schwer schnauft er, der Stadtrichter. »Das hab ich mir ja auch fest vorgenommen, aber gestern hat mich die Katharina ausgeschimpft wegen dem parfümierten Taschentüchl, wo sie in meinem Frack gefunden hat. Und die Franziska treibt sich weiß Gott wo überall herum – da hab ich's halt nimmer ausgehalten.«

»Und bist wieder auf einen Tarock zur Scholastika?«, beendet der Sepperl den Satz.

»Ist ja nicht weit von meiner Wohnung«, jammert Fuchs.

»Wann bist denn heimkommen?«, will der Sepperl noch wissen, obwohl er sich die Antwort denken kann.

»Vier Uhr hat's geschlagen«, jammert der Richter. »Die Katharina hat heut noch kein Wort mit mir geredet. Wenn das mit den Spielschulden beim Adjunkt Heininger rauskommt …«

»Wie viel bist ihm denn schuldig?«

»Summa summarum dreiunddreißig Gulden.«

»Öha! Und bis wann musst zahlen?«

»Eine Woch hab ich Zeit.«

»Und wenn nicht?«

»Dann schickt mir die Scholastika ihren Veitl. Der haut mir die Wohnung zsamm.«

»Ob ich vielleicht noch eine Maß kriegen könnt?«, lässt sich der Sepperl vernehmen, weil das Gansjung doch recht trocken gewesen ist. Nachdem ein frisch gefüllter Krug vor ihm steht, geht die peinliche Unterredung weiter. Inzwischen ist der Richter beim vierten Schoppen vom Blaufränkischen und spürt einen leichten Drallerer im hinteren Schädel.

»Hast mir keinen Rat?«

»Mit der Scholastika reden?«, sagt der Sepperl.

»Damit sie mir den Veitl auf den Hals hetzt?«

»Oder zum Zwickermann.«

Fuchs windet sich. Er schwitzt entsetzlich: »Zum – ?«

»Ja. Zum Zwickermann. Der leiht dir was. Oder hast eine bessere Idee?«

Kaspar Fuchs leert sein Glas, bestellt nach und trinkt. »Wenn das die Leut erfahren, dass ich ein Geld vom Zwickermann nehm, kann ich mich einsalzen lassen. Und meine Katharina setzt mich vor die Tür.«

»Soll ich zum Zwickermann oder net?«

»Ja, ja, ja. Aber niemand darf nix erfahren. Versprichst mir das?«

Fast beleidigt schaut ihn der Sepperl an. »Warum meinst, nennen s' mich den Finessensepperl?«

»Ist ja gut«, sagt der Richter müde.

»Dann will ich gleich gehen.«

Der Richter hält ihn zurück.

»Ich hätt da noch was Amtliches. Heute war die Verhandlung von dem Pfandl und Konsorten wegen dem Dachschaden draußen in der Auer Lohe. Der Pfandl, was ein Schreiner ist, muss den Eigentümern der Wohnungen oben drüber neue Möbel machen. Ich bitt dich, schau amal nach, ob er das auch macht. Einen Gendarm kann ich dafür nicht abstellen.«

Stumm nickt der Sepperl und empfiehlt sich.

19

Noch in der gleichen Nacht wandert er bis zum Sendlinger Tor. Draußen angelehnt an die Stadtmauer lebt der Zwickermann, den sie überall so nennen, weil er nicht ohne das altertümliche Spekuliereisen auskommt.

Der Zwickermann ist ein kleines, nervöses Männlein mit flinken Augen und weißgrauen Haaren. Sein Alter lässt sich nicht schätzen, ebenso wenig sein Beruf. Es heißt, er lebt von Geschäften. Es heißt, er war viel im Ausland unterwegs, vornehmlich im Welschland. Auch heißt es, wenn einer außerhalb vom Burgfrieden lebt, gehört er zu den unehrlichen Leuten, wie die Lumpensammler oder die Scharfrichter.

Trotzdem genießt er einen guten Ruf. Er verleiht Geld – das weiß man in der Stadt. Aber er ist keiner, der Wucherzinsen fordert. Er lässt den Bittsteller leben, solange dieser seine Schuld begleicht. Und noch etwas: Der Zwickermann ist klug genug, die Höhe des verliehenen Geldbetrages zu begrenzen. Mehr als fünfzig Gulden kriegt keiner bei ihm – auch das weiß man in der Stadt.

Wenn jedoch, was schon vorgekommen ist, ein armer Teufel seine Schuld nicht bezahlt, dann kann der Zwickermann sehr schnell sehr bös werden.

Dann passieren seltsame Geschichten.

Der Rosserer Mangstl hatte einst neunundvierzig Gulden und dreiundfünfzig Kreuzer Schulden beim Zwickermann und konnte oder wollte sie nicht rechtzeitig bezahlen. Immer wieder hat er vorgesprochen und um Aufschub oder gar Erlass seines Darlehens gebeten.

Der Zwickermann hat den Gruckler geholt und mit ihm ausgemacht, dass der Gruckler dem Mangstl ein Fuder Heu vor den Stall wirft. Die Rösser haben das Heu gefressen. Drei sind eingegangen, weil im Heu Steinklee und Jakobskreuzkraut drin war.

Am nächsten Tag hat der Mangstl seine Schuld bis auf den letzten Kreuzer bezahlt. Der Gruckler, was ein Hausierer gewesen war, hat für eine Zeit die Stadt verlassen und ist erst zurückgekommen, wie über die Sach das Heu … das Gras gewachsen war.

Der Sepperl sitzt beim Zwickermann am Feuer und schildert die Nöte des Stadtrichters.

»Den Fuchs kenn ich«, sagt der Alte, »ist ein anständiger Mann. Bloß das Kartenspiel …«

Der Sepperl nickt wissend. »Jaja, die Kartlerei … das macht ihm schwer zu schaffen. Und auf sein Weib hört er nicht.«

»Weiß sie davon?«

»Vom Kartenspiel?«

»Nein – von seinen Schulden?«

»Nix weiß sie, gar nix«, sagt der Sepperl bekümmert.

»Das ist arg …«

Der Zwickermann stellt eine Flasche Branntwein auf den Tisch. Schweigend trinken sie.

Die Zeit verrinnt – Mitternacht ist vorüber. Draußen schneit es heftig.

»Wie viel?«, sagt schließlich der Zwickermann.

»Vierzig«, sagt der Sepperl.

»Vierzig? Gut.«

Der Zwickermann richtet die Sehhilfe auf der Nase und verschwindet im Hintergrund. Der Sepperl hört, wie er die

Gulden herzählt. Dann ist er wieder da und legt die Münzen auf den Tisch.

»Zähl nach«, sagt er, aber der Sepperl schüttelt den Kopf. Daraufhin gibt der Zwickermann das Geld in einen abgegriffenen Lederbeutel und schiebt alles zusammen über den Tisch. Der Sepperl steckt es ein.

An der Tür reicht ihm der Zwickermann die Hand: »Vierundvierzig Gulden krieg ich zurück. Auf eine Woch und keinen Tag länger. Hast mich verstanden?«

»Ja«, nickt der Sepperl. »Vierundvierzig Gulden auf eine Woch.«

Der Sepperl nimmt seinen Weg die Sendlinger Gasse hinunter zum Schrannenplatz.

Er ist auf der Höhe der Hackenstraße, da tritt eine dunkel gekleidete Person an ihn heran. Der Sepperl vermeint einen hellen Rockzipfel unter dem schwarzen Mantel zu erkennen.

»Was willst?«, sagt er und will weiter.

Da spürt er einen heftigen Stich am Oberarm und einen zweiten an der Hüfte. Er fällt zu Boden, will hoch, aber da blitzt ein Dolch auf. Die Stichwaffe zeigt direkt auf seine Nase.

Er wird zurück in den Schnee geworfen. Ein heftiger Tritt streift seinen Hals.

Es wird dunkel um ihn. Er verliert sich in der Vergangenheit. Düstere Bilder tauchen auf – neblig grau.

Vor ihm steht der Vater, in der ärmlichen, nach Ross stinkenden Kutscherkluft. Er hat die Peitsche erhoben und zählt laut die Schläge mit, die er dem kleinen Sepperl versetzt, weil dieser nicht genügend Futter für den knochigen Klepper herbeigeschafft hat, der die alte Kutsche ziehen muss. Hinter dem Vater steht die Mutter mit erhobenen Händen, doch ihr Gesicht ist leer wie hohl. Immer wieder wuchtet der Vater die Peitsche gegen den Sepperl …

Als er wieder zu sich kommt, und in die Tasche greift, ist der Lederbeutel verschwunden. Man hat ihn beraubt.

Der Kopf droht zu zerspringen. Er fasst sich an den Arm, tastet die Hüfte entlang. Er spürt Blut an der Hand. Benommen hockt er im Schneetreiben auf dem eisigen Boden.

Nach einer Weile steht er auf, lehnt benommen an einer Hausmauer. Undeutlich erkennt er über sich das Schild mit der Aufschrift »Hackerbräu«. Er rüttelt an der Tür, doch das Wirtshaus ist verriegelt.

Wieder hockt der Sepperl auf dem frostigen Boden. Das Blut rinnt ihm aus dem Ärmel. Die Schmerzen in der Hüfte machen ihn ganz damisch.

Es darf nicht sein, denkt er, dass ich hier auf der Gass verreck wie ein lahmer Hund.

Er rafft sich auf, versucht ein paar wacklige Schritte, hält sich die Seite und stapft los – es hilft ja alles nichts!

Es ist nach zwei Uhr in dieser Nacht, als er die Treppe zu seiner Wohnung hinaufstolpert. Den Schlüssel hat er wohl verloren, also klopft er an die Tür. Alles bleibt ruhig.

Der Sepperl spürt, wie die Kräfte ihn verlassen. Er klopft, schwächer werdend, ein letztes Mal. Wenn keiner öffnet, verblutet er.

Von unten vernimmt er Schritte. Das wird die Nanni sein. Doch es klingt fremd.

20

Beim Adjunkt Heininger in der Kupferschmidgasse liegt der Lederbeutel vom Zwickermann auf dem Tisch. Die Gulden – dreißig an der Zahl – liegen daneben. Mit fiebrigen Augen stiert die schöne Adela darauf.

Der Heininger schleckt an einem Ranken Speck herum, den er mit dem Dolch von einem größeren Trumm heruntergesäbelt hat. Es ist der gleiche Dolch, mit dem Adela dem Sepperl das Geld abgeluchst und ihn dabei verletzt hat.

»Ist das alles: dreißig Gulden?«, will er wissen.

»Ja«, sagt Adela. »Oder meinst, ich hab was abzwickt?«

Der Heininger ignoriert die Frage. »Hat er dich erkannt?«

»Nein, war ja stockdunkel.«

»Zeig her deine Taschen«, verlangt Scholastika, die unruhig hin und her tändelt. Sie traut der anderen nicht über den Weg.

»Nein!«, sagt Adela, die jetzt nicht mehr ganz so schöne.

Der Adjunkt hat die Brotzeit beendet.

»Jeder kriegt den gerechten Anteil«, sagt er und will seinen Gewinn einstreichen. Adela mag es nicht zugeben.

»Ich krieg zwölf.«

»Warum?«, sagt die Hebauf.

»Hab die Arbeit gmacht.«

»Ich nehm auch zwölf. Das Werkzeug ist von mir«, sagt der Heininger. Er ist aufgestanden, den Dolch drohend in der Faust. »Und jetzt leer deine Taschen aus.«

»Niemals!«, kreischt Adela.

Behutsam, als wollte er den Tisch nicht verkratzen, legt der Adjunkt den Dolch neben den Lederbeutel.

Blitzschnell packt er Adela und ringt sie zu Boden. Die Hebauf schaut zu, fasst sich ein Herz und versteckt den Dolch in ihrem Rock.

Adela liegt auf dem Bauch. Heininger dreht sie herum, durchsucht sie. Als er nichts findet, reißt er ihr Mieder auf. Da kullern zehn Gulden heraus.

»Du elendiges Luder!«, brüllt er. »Hast uns bschissn!«

»Nein!«, flennt Adela. »Nein!«

Heininger stößt mit dem Stiefel zu. Einmal, zweimal, dreimal. Adela blutet aus der Nase, kriecht gegen die Wand, will zur Tür hinaus, doch Heininger zerrt sie immer wieder zurück, bis sie endlich unter den Tisch kriecht.

Das hilft ihr nix. Heininger packt sie an den Stiefeletten und zieht sie heraus. Dabei rutscht ihr Rock hoch bis zu den Hüften. Darunter ist sie nackt. Heininger wirft einen schnellen Blick auf ihren prallen Hintern. Mit zwei Griffen entledigt er sich der Hose und kniet hinter der hilflosen Frau.

In diesem Augenblick trifft ihn der Dolch zwischen den Schulterblättern. Aus seinem Mund stürzt ein dunkler Schwall Blut. Der Schädel zuckt unkontrolliert. Er kippt weg, als hätte ihn eine Axt gestreift.

Adela hat sich gedreht und beobachtet fassungslos das blutige Schauspiel.

Der Heininger will hoch, kommt aber nicht weit, die Hosen hindern ihn.

»Was …?«, keucht er mit blutigem Nebel vor dem Maul. Er hebt die Hand, langt nach der Hebauf. Sie steht gegen den Tisch gelehnt und schaut ihm zu. Ihr Gesicht ist zur Fratze verkommen.

Der Mann liegt auf dem Boden. Er rührt sich nicht mehr. Aus seinem Mundwinkel rinnt langsam ein Blutstropfen.

Er ist tot.

Adela löst sich aus ihrer Starre, kommt auf die Knie, den Rock zurechtstreichend, steht auf, blickt zu Scholastika, die am Tisch die Gulden mustert. Den toten Adjunkt hat sie beinah schon vergessen.

»Da!«, sagt sie und zählt der geschundenen Adela zwanzig Gulden hin.

»Vergelts Gott!«, haucht diese und sinkt auf einen Stuhl. Auch Scholastika setzt sich.

»Was machen wir mit ihm?«, meint sie ruhig. »So können wir ihn nicht liegen lassen. Wenn am Morgen die Aufwartefrau kommt, fliegt alles auf.«

»Ins Wasser mit ihm«, kommt es nach einer Pause von Adela. Sie hat ihr Mieder gerichtet und das Geld wieder dort verstaut. »Wir schmeißen ihn in den Bach!«

Ungesehen schleppen sie die Leiche fort.

21

Sie hocken im kleinen, etwas staubigen Ladengeschäft, und der Janoschak erzählt der Franziska von seinem Leben.

»Geboren bin ich«, sagt der Alte und raschelt mit einem zerknitterten Bogen Papier, »am 14. Mai anno 1720 hier in München und getauft auf Ismar, dem Gelehrten aus der Schweiz. Bin der einzige Bub von Aaron und Sarah Janoschak – Gott hab sie selig! Mein Papa hat gehabt, zusammen mit meiner Mama, was eine brave, anständige Frau war, in dem Städtchen Glatz, vor Breslau, eine genügsame Buchhandlung. Sie haben gehabt, weil mein Papa sehr belesen war und viele Beziehungen hat gehabt, gerade nach Frankreich, immer eine gute Auswahl an Büchern. Infolge vom Siebenjährigen Krieg sind wir über Oesterreich nach München gekommen. Hat mein Papa im Mai 1728 im Eisenbrechergassl diesen Laden aufgemacht. Ich erinnere mich noch gut, war ich grad einmal acht Jahre alt, wie dem Metzger Urgibl sein Vater immer ganz mitleidig zu uns herübergeschaut hat, weil er gemeint hat, bei uns kauft niemand was. Der alte Urgibl hat wenig lesen können, und sein Bub, der Rups, kann's auch heut noch nicht gut. Aber das mit dem Verkauf ist von Jahr zu Jahr besser geworden. Die Kunden haben sich die Adresse gemerkt. Jedenfalls hab ich lesen und schreiben gelernt, hab gelernt, wie man Bücher einschätzt, und bin darum in der Welt der Literatur weit herumgekommen – bis nach Straßburg hinaus und nach Neapel hinunter. War eine wilde, aber eine schöne Zeit.«

»Habt Ihr Euch denn kein Weib genommen?«, unterbricht ihn Franziska.

Der Alte schüttelt den Kopf. »Keine Zeit. Hie und da vielleicht hätt mir eine gefallen, im Taunus oder bei den Schwaben. Aber dann hab ich eingekauft, Neues und Antiquarisches, und bin weitergezogen. Derweil bin ich selber antiquarisch worden …« Bedächtig wiegt sich das Haupt des ergrauten Mannes. »Schau ich mir die Welt so an, wie sie sich hinum- und herumdreht, so kann ich sagen, was mich betrifft, so gehör ich nie zu einer Clique als solcher, unterstütze aber alles, was mir gut und nützlich erscheint. Dadurch bin ich im Lauf der Jahrzehnte zum Indifferentisten geworden … so …«, schnauft er und streckt sich, »… hab genug lamentiert. Kommen wir zu deinem ersten Poem.«

Er setzt sich zurecht, legt das Hörrohr an und wartet. Franziskas Hände zittern, als sie das Blatt mit dem Text zur Hand nimmt; und nach einer winzigen Pause beginnt sie zu sprechen:

»Schau dies Tagwerk, meine Hände,
Holdes Glück, wie ich's beende.
Will den hellen Mittag fragen,
und den Tag ganz neu erleben,
denn mein Herze soll schweben …«

Stille wandert durch den Laden. Franziska wartet. Der Alte schweigt. Ihr Herz schlägt bis zum Hals.

Was wird der Meister sagen? Zerrupft er die Zeilen, reißt sie auseinander, haut sie in Stücke und schmeißt sie fort? Oder wird er sich lobend äußern und Franziska zu ihrem Erstlingswerk beglückwünschen? Oder … schweigt er ganz und gar?

»Schaff das Tagwerk meiner Hände«, kommt es nun leise. »Hohes Glück, dass ich's vollende. Will der rote Morgen tagen, Hoffnung hohe Freude geben … und so weiter, und so fort. Das ist ein Text aus Schlegels Ersten Frühlingsgedichten, abgedruckt im Musenalmanach für das Jahr 1802. Ach, Franziska!«

»Aber …«, sagt sie kraftlos. Alle Farbe ist aus ihrem Gesicht gewichen, sie möchte im Erdboden versinken vor Scham.

»Und das Versmaß stimmt auch nicht: Denn mein Herze soll schweben, das geht nicht. Es muss heißen: denn mein Herze solle schweben – da fehlt eine Silbe – nämlich das e.«

Der Alte legt sein Gesicht in strenge Falten. »Wenn du es ernst meinst mit der Schriftstellerei, dann musst du dich mehr anstrengen – viel, viel mehr!«

Franziska presst die Hände auf die Ohren. Sie möchte nichts mehr hören, kann nichts mehr aufnehmen, ist vollkommen am Boden zerstört.

Kopflos rennt sie aus dem Laden, den Shawl um den pochenden Schädel gewickelt; hinüber will sie zum Stadtbach, der unweit dem Eisenbrechergassl vorbeifließt, dunkel, reißend, übelriechend.

Inzwischen ist die Nacht hereingebrochen. Es ist stockfinster. Die Augen der jungen Frau werden überschwemmt von Tränen. Kaum erkennt sie das stinkende, mit allerlei Unrat angefüllte Wasser. Etwas weiter vorn bemerkt sie undeutlich einen Holzsteg, bevor der Bach unter den Häusern verschwindet. Der Steg dient den Mägden, die dort die Wäsche waschen sollten – doch das ist bei dem dreckigen Wasser fast unmöglich.

Franziska geht die wenigen Schritte. Sie kann nicht mehr, sinkt auf die Knie, in den Schnee, der eiskalt ihre Kleider durchnässt und den Mantel beschmutzt.

Was soll sie noch in dieser Welt, die neblig um sie herumwabert? Eine Welt, die nichts Gutes mehr hat für eine junge, emsige Frau, die mit zitternden Händen nach Höherem greift; in den Fingern den Stift, der ihr den Erfolg bringen soll …

Ein Wimmern. Franziska blickt auf. Wer ist das am Ende des Steges, weit schon über das Wasser gebeugt? Eine ärmlich gekleidete Person, vielleicht ein Weib in ihrem Alter, in einer ähnlichen Lage?

Sie rafft sich auf, geht die paar Schritte.

»Was machst denn da?«, fragt sie behutsam.

»Sterben will ich«, kommt die brüchige Antwort. »Sterben, sonst nix.«

»Ich auch«, sagt Franziska.

»Was?«

»Ich will auch sterben – tot sein – für immer.«

»Ja«, sagt die junge Frau, die nah am Wasser kniet. »Ja. Für immer.«

Langsam richtet sie sich auf, blickt nach hinten, zu Franziska. Sie stehen sich gegenüber.

»Ich bin die Mitzi«, sagt sie erschöpft. Ihre Augen liegen tief in den Höhlen. Sie zittert vor Kälte, denn der dünne Umhang hilft nicht viel gegen den Frost.

Franziska reicht ihr die Hand. »Franziska Fuchs heiß ich und will auch sterben. Aber das Wasser ist so nass!« Sie muss lachen.

Mitzi lacht nun ebenfalls.

»Warum willst denn sterben?«, fragt Franziska.

»Weil«, beginnt Mitzi, »weil ich eine Hur bin. Eine alte Hur. Und eine alte Hur kauft kein Mann nimmer.«

Franziska wärmt die Hände des zitternden Mädchens. »Wie alt bist denn?«

»Nächste Woch bin ich dreißig.«

»Hast denn gar nix glernt?«

Mitzi zerdrückt ein paar Tränen. »Nein. Gar nix. Der

Vater sagt immer, ich soll mir einen reichen Mann suchen und heiraten.«

»Und?«

»Den, wo ich wollt, den wollt der Vater nicht, und den, wo der Vater wollt, den wollt ich nicht. Bin fort und kann nimmer zurück. Drum bin ich zur Hur worden ... und drum muss ich sterben.«

Franziska hat ihr den Arm um die Schulter gelegt.

»Mitzi, schau, ich bin nur wenig älter. Hab Lesen und Schreiben gelernt und sonst noch alles Mögliche.«

»Warum willst dann sterben, wennst alles kannst?«

»Weil«, sagt Franziska nun doch ein wenig verlegen im Angesicht von Mitzis Leid, »weil ich halt was will, was ich net kann.«

»Aber das kann man doch lernen, wenn man es unbedingt will.«

»Geschichten schreiben will ich«, sagt Franziska. »Geschichten – das will ich!«

Mitzi hat sich eng an Franziskas Seite gekuschelt. »Geschichten? Wenn ich dir meine Geschichte erzähl, schreibst sie dann auf?«

»Ja!«

»Damit es alle erfahren, wie es den kleinen Leuten in der großen Stadt so geht?«

»Ja, Mitzi, ja, ja, ja – das will ich.«

Franziska jauchzt, der Todeswunsch ist vergessen, versunken im Stadtbach. Ja, sie wird ein Buch schreiben. Ja, einen richtigen Roman; und sie weiß auch schon, wie er heißen wird: Das verlorene Mädchen – nein: Die verlorene Unschuld.

»Die verlorene Unschuld«, murmelt sie.

»Was?«

»Unser Buch wird heißen: Die verlorene Unschuld.«

»Gefällt mir!«, sagt Mitzi.

Franziska hakt sie unter: »Auf geht's!«

Sie kommen nicht weit. Zwei Personen nähern sich. Sie schleppen eine dritte, die wie betrunken zwischen ihnen hängt. Es ist deutlich zu erkennen, dass die Gruppe zum Stadtbach will.

Mitzi zieht Franziska hinter einen Baum, wo sie das Geschehen ungestört beobachten können. Offenbar handelt es sich um zwei Frauen, so viel kann man sehen.

»Wart, halt!«, keucht die ältere der beiden. Die andere zieht und zieht, stürzt zu Boden und verliert den Fuß, den sie gehalten hat. »Wie kann einer bloß so fett sein?«

Die Antwort kommt von der anderen Frau: »So ein Adjunkt ist halt amal ein fetter Brocken!«

Hinter dem Baum stößt Franziska Mitzi an. »Die haben den Heininger.«

»Und?«, sagt Mitzi ängstlich.

»Den wollen sie in den Bach schmeißen.«

»Das dürfen wir nicht zulassen«, meint Mitzi.

»Nein. Vielleicht lebt er noch – komm!«

Sie stürzen aus ihrem Versteck; stehen vor den beiden Frauen.

»Was machts ihr da?«, will Mitzi wissen.

»Das geht dich einen Dreck an!«, sagt die Hebauf und zückt den Dolch. Den Heininger haben sie ausgelassen.

»Ist das der Adjunkt?«, sagt Franziska.

»Nix geht's dich an!«, schimpft die Hebauf. Die schöne Adela hockt neben dem Toten auf der eiskalten Erde und zittert an Händen und Füßen. »Ein Unfall.«

Mitzi hat einen Bummerl vom Boden aufgehoben, einen handlichen Brocken. Noch bevor sich die Hebauf wehren kann, trifft sie der Stein an der Brust. Sie fällt nach hinten, verliert den Dolch.

Adela springt auf und will davon. Franziska erwischt sie am Rock und reißt sie um. Sie kniet über der jungen Frau, biegt ihre Arme auf den Rücken und drückt ihr Gesicht in die Erde. »Aufstehn – an den Baum dort – die Arme drumherum und Augen zu!« Sie reißt ihr den Gürtel vom Rock und bindet die Hände um den Baum.

Mitzi hat alles verfolgt. Derweil ist die Hebauf zu sich gekommen.

»Zieh deine Joppe aus!«, verlangt Mitzi und nimmt die Jacke an sich. »Steh auf!«, befiehlt sie. »Da zu dem Baum – die Arme drumherum, Augen zu und stillhalten.«

Nun stehen sich die beiden Frauen gegenüber, an den Baum gefesselt.

»Hilfe!«, plärrt Adela.

»Halt's Maul!«, kreischt die Hebauf dagegen.

Das fehlt noch, dass Leute aufmerksam werden und den Schlamassel sehen, den sie angerichtet haben. Denn der tote Adjunkt liegt noch immer auf dem Boden.

Der kommt uns nimmer aus, denkt Franziska, der muss abgeholt werden.

Mitzi hat sich noch einmal mit der Joppe von der Hebauf beschäftigt. Plötzlich hält sie etliche Gulden in der Hand. Auch bei der schönen Adela finden sie Geld.

»Wo habt's das her?«, fragt Franziska.

»Vom Sepperl …«, sagt Adela vollkommen ernüchtert.

Franziska steckt das Geld ein.

»Jetzt holen wir die Gendarmen«, sagt sie. »Den Heininger lassen wir euch da. Adjes!«

22

Es ist das erste und bis auf Weiteres das letzte Mal, dass der Münchner Stadtrichter Kaspar Fuchs die drei Stiegen überm Kamin zum Sepperl seiner Behausung hinaufsteigt.

Es hat seinen guten Grund. Der Sepperl hat beim Zwickermann die Gulden für ihn geholt und ist auf dem Rückweg überfallen worden. Noch in der Nacht haben Franziska, die mutige Tochter, und ihre neue Freundin Mitzi das Geld wiederbeschafft. Wie die beiden jungen Frauen das angefangen haben, möchte der Stadtrichter lieber nicht wissen.

Nun schnauft er sich erst amal aus, bevor er an die Wohnungstür klopft. Eine Klingel gibt es nicht.

Der Kalender zeigt den 20. Januar 1806, es ist um die Mittagszeit. Ein eiskalter Wind zieht um das Haus am Petersplatz.

Fuchs schleppt zwei Körbe mit allerlei Delikatessen: einen Ranken Schinkenspeck, zwei Brotlaibe sowie einen von Katharina liebevoll zubereiteten Gugelhupf. Dazu Eier, Mehl, Salz und Käs; auch ein Gansviertel, mit einem extrigen Gruß von der Frau Wurzl vom Viktualienmarkt. Die Flasche Weißer Lagler vom Steigerwald, aus dem eigenen Weinkeller, hat der Stadtrichter nur schweren Herzens hergeben können – doch der Sepperl hat sich die guten Gaben redlich verdient.

Die Rote Nanni, angetan mit einem schwarzen Gewand, dicken Pantoffeln und einem grauen Schal um den Kopf, öffnet ihm.

»Grüß Gott, Nanni«, sagt der Stadtrichter.

Nanni mustert ihn von oben bis unten und beäugt die beiden Körbe, die neben Fuchs auf dem Treppenabsatz stehen -

»Ja ... was ... uihh ... Sepperl!«

Der Patient kommt angehumpelt, in schwere Decken gehüllt, mitsamt einer verfilzten grünen Nachthaube auf dem Schädel.

»Wer kommt denn da?«, grinst er.

»Ja, mei ...«, sagt der Stadtrichter verlegen, als ihn Nanni in die Stube führt und ihm einen Platz anbietet. Das Holz im Ofen spendet wunderbare Wärme, und schließlich entledigt sich Fuchs des pelzbesetzten Wintermantels. Jetzt hockt er auf einem wackligen Stuhl und schaut herum. Der Sepperl bemerkt es und setzt zu einer Erklärung an, doch der Stadtrichter winkt ab. Er weiß auch so, dass der Sepperl kein reicher Mann ist – und es wahrscheinlich auch nicht werden will.

»Wie geht es dir?«, will Fuchs wissen.

»Muss ja ...«, sagt der Sepperl und hält sich die Seite.

»Mehr Glück als Verstand hat er ghabt!«, lässt sich Nanni mit einer Zornesfalte auf der Stirn vernehmen. »Was muss er auch mitten bei der Nacht zum Sendlinger Tor naus?«

Fuchs hebt die Hand. »Alles meine Schuld.«

»Ich tät euch Mannsbilder das Kartenschlagen schon austreiben!«, giftet sie.

»Nanni!«, sagt Sepperl, »wie redest denn mit dem Herrn Stadtrichter?«

Wieder hebt Fuchs die Hand. »Sie hat ja recht. Aber was soll ich machen, wenn mir das Haus überm Kopf zusammenfällt vor lauter Langeweile? Dann geh ich halt zur Scholastika ...« Er stockt. »Die Scholastika hat den Heininger erstochen. Sie liegt jetzt in Ketten.«

»Geschieht ihr recht!«, erklärt Nanni zornig.

»Und ich bin da, um mich zu entschuldigen und dir eine

gute Besserung zu wünschen«, sagt Fuchs leise. »Ich hätt dich nicht zum Zwickermann schicken dürfen.«

Nanni schenkt ihrem Sepperl einen vernichtenden Blick. »Beim Zwickermann warst? Ja, bist denn du narrisch?«

»Alles meine Schuld«, jammert Fuchs. Ihm ist Nannis Schimpferei mehr als peinlich.

»Was sagen denn die Frau Gemahlin dazu?«, will Nanni wissen, und Sepperl ist froh, dass sie ein anderes Opfer gefunden hat. Fuchs duckt und wendet sich.

»Die Frau Gemahlin ... Katharina ... meine ich ... es ist furchtbar mit ihr. Sie sagt, sie mag mich nimmer.«

Jetzt grinst Nanni. Sie weiß, wie die Weiber sind. »Gehen S' zu, Herr Stadtrichter, das sagt sie doch bloß.«

»Mag sein«, entgegnet Fuchs. »Es gibt da nämlich etwas, was sie vor mir verbirgt; etwas, das ihr widerfahren ist, während ich außer Haus war.«

Nanni rückt näher. »Ach?«

»Ja. Hat was mit dem Demlinger zu tun.«

»Mit dem Augustiner?«

»Ja, Nanni.«

»Vielleicht war er unkeusch zu ihr?«

»Unkeusch? Könnt schon sein ...«

Der Sepperl hat sich auf das Kanapee verzogen. »Nanni, das geht uns nix an, was die Frau Stadtrichter mit dem Demlinger hat.«

»Aber so eine Heimlichkeit«, fängt sie an vor Neugier ächzend; spannt aber, es ist dem Stadtrichter unangenehm, über das Thema zu reden. Er ist aufgestanden und hat den Pelz übergestreift.

»Die leeren Körbe bringts mir bitte wieder zurück«, sagt er und verabschiedet sich mit einem knappen Gruß.

Draußen besinnt er sich: »Unkeusch? Könnt sein ...«

*

Katharina Fuchs sitzt in der guten Stube vor einer Schusterkugel, hinter der eine Kerze brennt, um Licht zu spenden. Sie verziert ein kleines Deckchen mit einem Blumenmuster. In der Nacht hat sie nicht schlafen können. Franziska hat eine Freundin heimgebracht, die Mitzi, und hat eine schauerliche Begebenheit angedeutet.

Kurze Zeit später hat der Gerichtsdiener Franziska auf die Amtsstube befohlen – für ihre Zeugenaussage im Mordfall Heininger. Bei diesem Gedanken schüttelt es Katharina. Sie muss das Strickzeug weglegen.

Gerade will sie weiterarbeiten, als Kaspar die Wohnung betritt, den Mantel ablegt und sich zu ihr setzt.

»Könnt schon sein …«, murmelt er.

Sie mustert ihn unruhig. »Du bist so anders?«

Er schenkt sich ein Glas Cognac ein, um Zeit zu gewinnen, und nimmt einen Schluck.

»Regst dich immer noch auf wegen meinem Kartenspiel bei der Scholastika«, beginnt er.

»Ja …?«

»Magst es nicht, wenn ich Spielschulden hab.«

»Schon …«

»Bin ein liederlicher Mensch, sagst.«

»Nein, ich -«

Abrupt steht er auf und tritt ans Fenster. Bei den nächsten Worten mag er nicht ihr Gesicht sehen. Seine Stimme kriegt einen harten Klang.

»Aber offenbar ist es nicht liederlich, sich mit dem Augustinerpater Demlinger einzulassen!«

Katharina springt auf. Sie ist leichenblass. Die Stricknadeln fallen zu Boden.

»Woher …?«

Seine Hand fährt durch die Luft, schneidet ihr das Wort ab. »Du gibst es also zu?«

Sie nimmt ein Glas vom Bord, füllt es randvoll mit Cognac und leert es in einem Zug. Dann hockt sie da. Dicke Tränen fallen zu Boden.

Kaspar wartet. Sehnlich wünscht er sich eine Erklärung … ein Versehen … eine Vergewaltigung … gegen ihren erklärten Willen … irgendetwas … irgendeinen Hinweis …

Katharina schweigt. Stille liegt über dem Raum. Mit einem Mal ist es bitterkalt. Sie fröstelt, nimmt die Arme vor das Gesicht. Sie weint.

»Kaspar …«

»Ja?«

»Es tut mir leid.«

»Ist das alles?«

»Es … es wird nicht wieder vorkommen.«

»Aber warum?«

»Ich war allein … du warst nicht da … das hat er ausgenutzt.«

Langsam tritt er zu ihr, nimmt sie fest in die Arme.

»Ich liebe dich, Katharina, das weißt du.«

»Ich …«

»Warte. Wir lassen uns von dem Lumpen nix kaputtmachen. Und außerdem ist der Demlinger abgehauen – fort aus der Stadt.«

»Ja, Kaspar, ja.«

Sie löst sich von ihm, schenkt ihm und ihr einen Cognac ein, hebt das Glas, sie prosten sich zu.

»Ja, Kaspar, ich liebe dich ebenso. Und wenn du das Kartenspielen so gern hast, dann will ich auch nicht mehr darüber schimpfen.«

Sie trinken. Kaspar küsst sie zärtlich auf den Mund.

»Zur Scholastika geh ich nie mehr – das versprech ich!«

»Verzeih mir«, bittet sie. Er wendet das Gesicht ab. Ganz so einfach wird es nicht.

»Hast du deine Verfehlung gebeichtet?«

»Bei wem denn, Kaspar? Der Demlinger ...«

»Ich weiß. Der Kerl ist fort wie ein Dieb in der Nacht.« Er stockt für einen Augenblick, sagt dann: »Du wirst eine Wallfahrt machen.«

»Eine Wallfahrt?«

»Ja, eine Wallfahrt. Zum Heiligen Korbinian auf den Freisinger Domberg. Da wirst du deine Sünden beichten. Und wenn du zurückkommst, ist alles vergeben.«

Katharina denkt nach, nickt dann zustimmend. »Freising? Eine Wallfahrt? Alles vergeben ... alles?«

*

Spät noch in der Nacht macht sich Fuchs auf den Weg hinaus zum Zwickermann hinterm Sendlinger Tor. Der Alte ist noch wach und empfängt den Stadtrichter ohne große Verwunderung.

»Hab mir gleich denkt, dass du kommst.«

»Dann ist es ja gut«, sagt Fuchs und hockt sich neben den warmen Ofen.

»Hab schon gehört, von dem Überfall auf den Sepperl. Ich hoff, es geht ihm gut und du hast dein Geld wieder.«

»Da«, sagt Fuchs und zählt seine Schuld auf den Tisch.

Der Alte staunt nicht schlecht. »Du hast doch noch Zeit.«

Fuchs lässt es nicht gelten. Er schiebt die Gulden, es sind fünfzig, zum Zwickermann hinüber.

»Find mir den Demlinger«, sagt er. »Ich will wissen, wo er sich versteckt.«

Zwickermann rührt das Geld nicht an. Die Sach wird ihm unheimlich.

»Wenn ich ihn auftreib, was dann?«

»Dann sagst es mir.«

Der Zwickermann wartet. Da kommt noch was. Langsam zieht Fuchs aus seinem Knaufstock einen Dolch.

»Dann besuch ich ihn.«

Entsetzt schiebt der Zwickermann das Geld zurück. »Das mach ich net!«

Fuchs fasst in den Lederbeutel und legt zu den bisherigen Gulden weitere zehn auf den Tisch. Der Dolch verschwindet wieder im Knaufstock.

»Das sind jetzt sechzig Gulden, Zwickermann. Für das Geld bringt gwiss einer das Geschäft zuweg.«

»Aber ich kann doch nicht ...«

»Doch – du kannst!«, sagt Fuchs und geht.

23

Katharina hat in einem der hinteren, bisher unbewohnten Zimmer der großen Wohnung für Mitzi ein Lager hergerichtet, wo sie für die nächste Zeit bleiben kann. Der Stadtrichter hat nichts dagegen, erkennt er doch, dass seine Tochter in Mitzi eine Freundin, eine Seelenverwandte gefunden hat. Man spürt, dass die beiden jungen Frauen gut miteinander harmonieren.

Während Kaspar Fuchs an diesem eiskalten Vormittag bei Gericht weilt, plaudern die Frauen in der Stube beim Grog.

Mitzi sitzt gemütlich auf dem Kanapee; sie hat wieder eine gesunde Gesichtsfarbe; auch hat sie in den wenigen Tagen seit ihrer Ankunft etwas an Gewicht zugenommen. Franziska hat ihr eines ihrer Kleider geschenkt. Jetzt hat sie Papier und Stift vor sich liegen und wartet.

Mitzi räuspert sich, setzt sich zurecht und beginnt zu erzählen: »Geboren bin ich als Maria Griesbeck am 18. Februar 1776 auf dem Lenzenfleck draußen vorm Burgfried. Mein Vater ist ein Bürstenmacher, heißt sich Wolfram Griesbeck, gebürtig aus dem Scharwinkel. Er verkauft seine War in der Stadt. Das Geld wird versoffen.«

»Die Mutter?«, unterbricht Katharina. »Was ist mit deiner Mutter?«

»Meine Mutter kenn ich nicht. Soll eine Hur gewesen sein. Der Vater hat sie verstoßen, wie sie mit einem Kind niedergekommen ist. Ich weiß nicht einmal, ob der Vater mein richtiger Vater ist oder ein anderer.«

Franziska bringt schnelle Notizen zu Papier.

»Wie ich fünfzehn Jahr alt worden bin, sagt der Vater, ich muss heiraten und er hat schon einen für mich. Ich wollt aber nicht. Bin ich davon und bei einem Metzger am Angerplatz eingestanden. Der Herzl-Metzger war eine gute Haut. Er hat mir das Lesen gelernt und ein bisserl was vom Schreiben. Die Gundi, sein Weib, hat mich nicht leiden können. Sie hat gemeint, ich will was vom Herzl. Aber das ist mir nicht in den Sinn kommen, weil der Herzl-Metzger eine gute Haut war. Später ist die Metzgerei auf d' Gant kommen, weil angeblich in der Wurst Zehennägel drinnen waren. Aber das glaub ich nicht.«

»Was ist aus dem Herzl-Metzger geworden?«, fragt Franziska, aber Mitzi hebt nur die Schultern. Sie nimmt einen Schluck vom Grog und erzählt weiter.

»Bin dann in der Brunngasse bei einem Mitglied vom Inneren Rat eingestanden. Da hab ich das Kochen gelernt und war vierundzwanzig Jahr alt. Das war ein lauter Mann mit grauen Haaren und einem großen Bauch. Er hat eine schwere Uhrkette gehabt und mich Mitzi geheißen.«

»Sein Name?«, fragt Franziska.

»Sag ich lieber nicht ...«, sagt Mitzi. »Der Blasius, was der Bub war, hat mich net in Ruh lassen. Er hat's richtig drauf angelegt. Einmal hat er mich nackert ausgezogen ...« Mitzi nimmt das Gesicht in beide Hände. Sie schluchzt.

»Eine Pause«, sagt Katharina.

Stille tritt ein. Franziska schreibt und schreibt. Was sie da hört, ist der Anfang einer Geschichte, vielleicht sogar eines Romanes. Die romantische Erzählung um ein glückloses Mädchen, das sich durchs Leben bringen muss. Romantisch? Tragisch? Lehnt sich das Mädchen auf oder geht es an den grausamen Umständen zugrunde?

»Ich versteh das einfach nicht«, sagt Franziska, indem sie

den Stift zur Seite legt, »wie man mit einem hilflosen jungen Menschen so umgehn kann. Sind wir Frauen denn überhaupt zu nix was wert, Mutter?«

Leise nickt Katharina. »Es ist wohl so, dass der Ehemann die ausschließliche Verfügungsmacht über das Vermögen, die Arbeit und den Körper seiner Frau besitzt. Daran wird sich auch so bald nichts ändern.«

»Mutter, aber …«

»Selbst der Verehelichung muss der Vater zustimmen, sonst kommt die Heirat nicht zustande. Das alles hab ich von deinem Vater gelernt. Er ist Jurist und muss es wissen.«

»Das ist ja furchtbar!«, sagt Franziska.

»Am 18. Februar, was mein Geburtstag war, bin ich davongelaufen, weil ich es nicht mehr ausgehalten hab. Der Grinninger Hans, ein Korbmacher am Roßmarkt, hat mich aufgenommen. Aber er ist bald gestorben. Dann bin ich durch die Gassen gelaufen und hab … hab … mich … verkauft.«

»Eine Hur worden«, sagt Katharina tonlos, und Mitzi nickt, Tränen in den Augen.

Franziska sortiert ihre mit Wörtern vollgeschriebenen Blätter.

»Da draus mach ich einen Roman!«, verkündet sie.

Katharina winkt ab. »Wenn du das Manuskript einem Verlag anbietest, und sie lesen deinen Namen, dann lehnen sie es ab. Frauen dürfen keinen Roman schreiben!«

24

An einem Abend im späten Januar hocken sie im Hinterzimmer vom Gasthof Zantl nahe Tölz. Der Zantl, ein einfaches Wirtshaus, liegt weit vor der Stadt. Es besteht keine Gefahr, dass die Gendarmen auf die Männer aufmerksam werden, die sich zu diesem geheimen Treffen eingefunden haben.

Eingeladen hat der Holzknecht Sixtus Grindler, Sohn von Centa Grindler, Dienstmagd und Köchin beim Stadtrichter Fuchs in München.

*

Sixtus Grindler ist ein grobknochiger Bursche mit harten Muskeln und unruhigem Geist. Nachts kann er nicht schlafen. Beim Schein einer Kerze bringt er sich das Lesen und Schreiben bei. Auch rechnen kann er gut. In der Dunkelheit streunt er durch den Wald, kennt Fauna und Flora in- und auswendig.

Die Angaben in seinem Militärpass lauten: Geboren am 28. Februar 1778. Größe: fünf Fuß, fünf Zoll, zwei Linien, Haar: rotblond, Stirne: fliehend, Augen: grau, Nase: stumpf, Bart: rotblond, Gesichtsfarbe: gerötet, Körperbau: untersetzt.

*

Die Kameraden, auch wenn sie es nicht zugeben, haben Respekt vor ihrem Anführer. Auf der Eckbank warten sie, allesamt Holzknechte, vor dem Bierkrug.

Der Dangl Wigg brennt nebenbei im Wald einen herben Schnaps; die hochprozentigen Erzeugnisse sind begehrt. Der Fackeiblasi ist im Nebenberuf ein leidenschaftlicher Schwarzmetzger. Der Zipfisepp gilt als fanatischer Wilderer, der dem Fackeiblasi das Wildbret zubringt. Er ist mehrfach wegen Wildfrevels vorbestraft.

Dann ist da noch der Wurstkramer Oppl, ein bauernschlauer Viechhandler aus der Nähe des Weilers Abrain bei Tölz. Er verkauft das zugerichtete Fleisch im ganzen Oberland.

Den Reigen beschließt der Dreizehnermartl, Knecht beim Stiftlbauern. Der Martl leidet an den Fraisen, an abstrusen Anfällen, die ihn tagelang arbeitsunfähig machen. Obwohl bereits über siebzig, geht er noch immer dem Fackeiblasi zur Hand, um seinen kargen Lohn aufzubessern. Der Dreizehnermartl ist bloß dabei, weil er noch nie in München gewesen ist und unbedingt noch hinwill. Das andere, was der Sixtus erzählt, versteht er nicht und es ist ihm auch wurscht.

Sixtus lässt den Blick über die Runde schweifen. Er kennt jeden einzelnen von ihnen. Er nimmt einen großen Schluck und beginnt: »Männer … Kamradn! Der Franzos ist im Land. Zwar hat er uns zum Königreich gmacht, aber was habn mir davon? Das frag ich euch. Was habn mir davon, wenn der bairische König jetzt königlich durch die Residenzstadt kutschiert? Ich sag's euch, was mir davon habn: Nix habn mir davon – einen Dreck im Schachterl habn mir davon!«

Er nimmt einen Schluck und besinnt sich auf die nächsten Worte seiner einstudierten Rede – der Hansbauer hat ihm dabei geholfen.

»Kamradn, schauts her: Seit Jahr und Tag sind mir Holzerleut im Forst vom Grafen Bernecker draußen hinter Lenggries. Das ist keine leichte Arbeit, aber mir mögns halt net anders. Und genau das nutzt der Bernecker aus – dreist und frech nutzt er das aus! Das Essen, wo mir selber zahln müssen, kostet uns bis jetzt in der Woch: sechs Pfund Weizenmehl zu zwanzig Kreuzer, drei Pfund Schmalz zu vierundfünfzig Kreuzer, der Laib Brot zu siebeneinhalb Kreuzer, drei Pfund Käs sind neun Kreuzer. Macht insgesamt einen Gulden und einundzwanzigeinhalb Kreuzer; sind zwei und ein halber Tag Arbeit. Ist's richtig so?«

Allgemeine Zustimmung unter den Männern. Sie wissen, was sie jede Woche im ledernen Mehlsack hinauf in den Wald schleppen.

»Es reicht ja net …«, fährt Sixtus fort, »es reicht ja net, dass mir unser Essen selber zahln müssn. Aber seit dem 1. Januar verlangt der Bernecker für einen Laib Brot zehn Kreuzer, für den Käs fünfzehn Kreuzer, fürs Mehl zwanzig und fürs Schmalz fünfundvierzig Kreuzer. Das gibt zukünftig einen und einen halben Gulden Kosten für jeden von uns Männer – das sind drei Tag Arbeit, statt zwei und einen halbn.«

Sixtus hockt sich nieder. Er ist zufrieden mit seinem Vortrag. Jetzt wartet er, wie die Worte bei seinen Männern ankommen.

»Für den Bernecker«, schreit der Zipfisepp, »für den Bernecker hab ich scho eine Kugel hergricht. Der kommt net weit!«

Sixtus schüttelt den Kopf. »Und nachher? Nachher sperrn s' dich ein und dem Bernecker sein Bub übernimmt. Dann hocken mir wieder im gleichen Dreck.«

»Sollten mir net erst amal mit dem Bernecker reden?«, lässt sich der Dreizehnermartl vernehmen.

»So ein Schmarrn!«, plärrt der Dangl Wigg. »Mit so einem kannst net redn. Der stellt sich hin und lacht dich aus. Am End hetzt er dir seine Hund nach, aus lauter Spaß an der Gaudi. Nein, mit so einem redt man net. So einer braucht einen Denkzettel, der wo sich gwaschen hat. Eine solcherne Tropfbierlätschn verstehts net andres.«

Sixtus lehnt sich zurück. Die Kellnerin hat ihm eine frische Maß hingestellt und dazu ein Tellerfleisch. Das Geld gibt der Hansbauer.

»Dem Bernecker wünsch ich die Maselsucht am Arsch!«, gibt jetzt auch der Wurstkramer Oppl seinen Senf dazu.

Sixtus hebt die Hand. »Das ist ja alles recht und schön, Kamradn. Aber mit dem Bernecker werden mir allein nicht fertig. Mir brauchn Unterstützung. Der Hansbauer kann uns helfen.«

»Was hast denn dauernd mit deinem Hansbauern?«, sagt der Fackeiblasi. »Den kennt doch bei uns im Oberland kein Mensch.«

»Aber ich kenn ihn«, sagt der Sixtus. »Was glaubst, woher dass das Geld fürs Bier und für euer Essen kommt? Vom reichen Hansbauern von Giesing. Der zahlt alles. Und weil er alles zahlt, will er auch was habn dafür.«

»Aha ...«, sagt der Dreizehnermartl, dem dämmert, dass an der Sach ein Haken dran sein könnte.

»Ich sag's, wie es ist«, sagt der Sixtus. »Der Hansbauer stellt eine Landes-Defension gegen die Franzosen auf. Ich soll sie anführen und ihr könnts dabei sein.«

»Eine Landes-Defension willst machen?«, sagt der Dreizehnermartl und denkt an seine Fraisen. »Soldat spielen möchst? Gegen die Franzosen? Du spinnst ja! Die haun uns zsamm, bevor dass mir bis drei zähln können. Für einen solchen Schmarrn bin ich zu alt.«

»Ich geh mit«, reckt sich der Zipfisepp.

»Ich auch!«, stimmt der Wurstkramer Oppl zu.

»Wennst meinst«, fällt der Dangl in den Chor ein. Vielleicht kann er seinen Spezial-Gebirgsschnaps in der Residenzstadt verkaufen.

Sixtus nickt zufrieden. »Kamradn, dann sind mir uns also einig. Ich hab Nachricht, dass mir uns am Sonntag um sechse auf d' Nacht beim Tumberger in der Neuhauser Gassn treffen. Da sagt er uns dann, wie es weitergeht.«

»Ich tät schon ganz gern wissen, wie es weitergeht«, sagt der Dreizehnermartl, aber das hört keiner mehr, weil die Kellnerin eine Runde Kirschgeist hinstellt.

Sixtus nimmt eine Pris vom Schnupftabak und niest zufrieden. Mit dem Sacktuch wischt er sich den Rüssel ab und sagt: »Mit mir gehen der Zipfisepp und der Dangl Wigg. Und jetzt Prost auf die Landes-Defension vom Hansbauern in Giesing!«

Eine Zeit lang spekulieren sie noch darüber, was der Frieden von Pressburg für die Tiroler bedeutet und was die Franzosen mit den Bayern vorhaben.

Weit nach Mitternacht verlassen die Männer den Zantl. Stetiger Schneefall senkt sich auf ihre Spuren und tilgt sie.

25

Während an diesem Freitagnachmittag drei bayerische Regimenter in blitzender Uniform unter dem Klang der Schwegelpfeifer durch das Sendlinger Tor in die Stadt einziehen, hockt der Sepperl beim Amtsrichter und legt ihm einen Brief auf den Tisch.

Kaspar Fuchs ist allein, Katharina ist vor zwei Tagen nach Freising abgereist. Sie wird erst in einer Woche zurückerwartet.

Der Stadtrichter kredenzt einen Kirsch und nimmt die Nachricht zur Hand. Der Sepperl schaut zu, wie Fuchs das versiegelte Papier öffnet und den Inhalt liest. Der Sepperl bemerkt mit Schrecken, wie blass der Mann plötzlich wird.

»Was ist denn?«, fragt er vorsichtig.

»Das«, keucht Fuchs, »ist vom Zwickermann.«

Der Sepperl nickt bestätigend. Schließlich hat er den Brief vom Zwickermann eigenhändig hierher expediert.

»Ich …«, beginnt Fuchs, bricht ab, beginnt dann wie im Fieber mit hochrotem Kopf zu sprechen. Die Worte sprudeln nur so aus ihm heraus. »Ich muss wissen, wo sich der Demlinger versteckt.«

»Willst ihm was antun, wegen dem, was er mit deiner Frau getan hat?«, sagt der Sepperl, aber der Stadtrichter hört nix.

»Da hab ich dem Zwickermann von meinem Notgeld sechzig Gulden hingelegt, damit er es herausfindet.«

»Und? Hat er?«

»Ja.«

In der nun entstehenden Pause packt Fuchs die Flasche mit dem Kirschgeist, die noch zu einem Drittel gefüllt ist, setzt sie an und kippt sie hinunter, dass die Gurgel stolpert. Er hustet und räuspert und schnäuzt sich dreimal und stiert auf die Nachricht, die der Sepperl gebracht hat.

»Meine Frau«, keucht er, »ist auf Wallfahrt nach Freising. Der Demlinger … der Demlinger … das nixnutzige Bürscherl … versteckt sich akkrat in … in Freising!«

»Mich leckst am Arsch!«, entfährt es dem Sepperl, der ahnt, was gleich passieren wird.

Der Stadtrichter ist ans Fenster getreten. Schaut nach der Kirchenuhr, richtet sich. »Ich muss!«, sagt er.

»Fuchs, Fuchs … hör mir zu«, bettelt der Sepperl und will den Stadtrichter am Ärmel fassen. »Denk nach, bevor du was anstellst, das dich dein Amt kostet – oder gar dein Leben. Das ist der Demlinger nicht wert!«

Fuchs reißt sich los. »Lass mich. Es geht um die Ehre von meiner Frau.« Damit stürzt er aus der Tür.

Der Sepperl schaut ihm lange nach. Missmutig stellt er den leeren Kirschgeist vor sich auf den Tisch und mustert ihn.

»Die Ehre … allerweil geht's um die Ehre. Die Ehre von der Frau, die Ehre fürs Vaterland: gefallen auf dem Felde der Ehre. Sag's mir, Flascherl, was ist so schön an der Ehre? Kann man sich was kaufen dafür, wenn einem auf dem Felde der Ehre der Hax abgeschossen wird? Oder wenn einem auf amal ein Aug fehlt oder ein Arm oder gleich gar das komplette Hirnkastl? Kann man dann hingehn zur Ehre und sagen, liebe Ehre, für dich hab ich meinen Arm gegeben oder meinen Hax – und jetzt möcht ich sie wiederhaben. Weil … ich bin erst neunzehn Jahr alt und hab noch mein ganzes Leben vor mir. Auf dem Acker mit dem Pflug, auf der Wiese mit der Sense, da brauch ich meinen Hax und brauch meinen Arm. Aber jetzt bin ich ein Krüppel, ein elender Krüppel, den wo keiner nicht mehr brauchen kann. Was wohl die Leut sagen zu so einem ...?«

Das unschuldige Flascherl bleibt – selbstredend – die Antwort schuldig. Wütend schleudert der Sepperl es ins Eck. Er geht die Stiege hinunter und verlässt das Gerichtsgebäude.

Dann nimmt er den Weg zum Ramlo im Kuhgassl, wo die Sophie mit einer kühlen Maß wartet.

*

Stadtrichter Fuchs hat den Rappen gesattelt und reitet durch das Isartor aus der Stadt. Seine Richtschnur ist die Isar, die ihn in ein paar Stunden bis nach Freising geleiten wird.

Bei sich hat er nichts weiter als den mörderischen Stockdegen und einen Beutel mit Brot. Mehr braucht er nicht für seine Bestimmung. Der Demlinger wird sich schön wundern, wenn Fuchs plötzlich vor ihm steht.

Es pressiert.

Fuchs zieht den Pelzkragen enger. Das Ross fliegt durch die einbrechende Nacht.

Man möchte nicht daran denken, was passiert. Man möchte nicht wissen, was geschieht, kommt er zu spät. Wenn er Katharina in den Armen des Paters findet. Wenn sie von Kaspar abfällt und ihm die räudige Liebe zu Demlinger gesteht. Muss dann der Stockdegen zwiefache Arbeit leisten?

Die Uhr schlägt dreimal, als Fuchs in Freising einreitet. Er nimmt einen Durchschlupf neben dem Agilolfinger Tor, um die Wachen zu umgehen.

Alles ist ruhig. Der Ort schläft. Bleischwere Wolken ziehen über den Himmel. In den alten Mauern ist es düster und kalt.

Fuchs bringt das Ross zum Stillstand, orientiert sich. Er steigt ab und führt das Pferd hinauf zum Agilolfinger Tor. Er findet eine winzige leere Hütte, die ehemals ein Wachhäusl war. Er bindet das müde gewordene Reittier an die Mauer und setzt sich auf die alte Bank im Inneren. Dort isst er sein Brot. Bis der Tag erwacht, hat er noch ein paar Stunden. Er prüft den Stockdegen auf Funktionsfähigkeit und lehnt sich zurück.

Wenig später ist er eingeschlafen.

Die Sonne steht hoch am Himmel, als Fuchs vor Katharinas Quartier vom Pferd steigt. Sie logiert in der Herberge zum Heiligen Korbinian in der Fischergasse, direkt unterhalb des Domberges.

Der Münchner Stadtrichter betritt das Gebäude. An der Rezeption erfährt er die Zimmernummer von Katharina. Er steigt die Treppe hinauf in der ersten Stock. Jetzt steht er vor der Tür, will anklopfen –

Halblaute Worte dringen aus dem Raum.

Eine Männerstimme: »Meine ganze Liebe …«

Ist das der Demlinger?

Fuchs greift nach dem Stockdegen, holt den Dolch heraus und betrachtet die scharfe Klinge. Endet auf diese Weise die Ehe mit Katharina?

Zuerst stirbt der Augustinerpater. Demlinger muss tot sein, bevor sich Kaspar mit Katharina beschäftigen kann. Sie wird nicht fliehen; was wird sie tun, sie wird –

Die Stichwaffe gleitet zurück in den Degen. Fuchs atmet schwer. Er legt die Waffe auf den Boden. Er entledigt sich des Winterpelzes. Die dicke Wollhaube deponiert er daneben.

Dann zieht er den Dolch wieder aus der Scheide. Seine Hand zittert. Wieder muss er schnaufen, Luft holen. Er keucht, schwitzt; das Hemd ist ihm eng – er hat noch keinen Menschen umgebracht – was soll nur werden?

Er reißt die Tür auf, den Dolch in der Faust.

26

Mit wenig Freude hobelt der Pfandl an einem Schragen herum, der irgendwann eine Bettstatt wird; ein Lager für den alten Koller im Obergeschoss und für dessen Weib. Die Arbeit geht ihm nicht gut von der Hand, auch ist das undichte Dach noch immer nicht repariert.

Derweil plärrt sein Hausdrachen auf der Gasse herum, dass es zum Fürchten ist. Aus der Affäre mit dem unseligen Augustinerpater hat sie nichts, aber schon gar nichts gelernt.

Im Augenblick disputiert sie mit Bruno, einem jungen Franzosen, der ihr Geld schuldet.

Seit ein paar Tagen ist ein Trupp Infanterie im Nachbarhaus, der Auer Lohe Numero vier, einquartiert. Der Bursche spricht kein Wort Bairisch und Erna spricht kein Wort Französisch.

Der Schreinermeister stellt sich in die Tür und lauscht mit einer gewissen Schadenfreude der Auseinandersetzung.

So viel hat er schon herausgehört: Seine Erna hat die dreckige Kleidung des Soldaten gewaschen und geflickt, hält sie nun in Händen und verlangt den Lohn für ihre Arbeit.

»Zwei Gulden!«

»Vous n'avez pas d'argent!«, sagt Bruno und reibt verneinend Daumen und Zeigefinger aneinander.

»Zwei … deux … Gulden … florin«, übersetzt sie stockend. Bruno schaut ungläubig.

»Deux florins? Mon dieu! C'est trop!«

»Was?«

Erna steigt die Wut ins Hirn. Sie versucht es mit Händen

und Füßen. »Ich hab deine dreckige Uniform gewaschen und die Jacke am Ellbogen geflickt. Das macht zwoa Gulden – zwei Gulden ... *deux florin!*«

Bruno, dem es ganz offensichtlich einen Riesenspaß bereitet, die Pfandlin zu ärgern, hat ein neues Argument gefunden, um der Bezahlung zu entgehen.

»Le linge est encore sale!«

»Was sagst, du saublöder Ochs?«

»Sale ... dreggik!«

Ernas Zorn explodiert. Sie fühlt sich in ihrer Ehre gekränkt. Wenn sie die Wäsch – ganz gleich, was für eine – wäscht, dann ist sie sauber.

»Sauber! Herr Soldat: *Sau-ber!*«

Der Pfandlin kann man viel nachsagen, aber dass sie nicht reinlich sei, bei der Wäsch und im Haushalt und überhaupt – das ihr vorzuwerfen, das hat sich noch keiner nicht getraut.

»Dreckig?«, gellt sie und pfeffert die Uniform in den Staub. »Dreckig, sagst?« Sie stampft drauf herum wie ein Springginkerl, dass der geflickte Ärmel wieder reißt. Dazu schmettert sie einen zotigen Gassenhauer, dessen Text der Franzose nicht versteht – den Sinn aber schon.

Nach einem heftigen Stoß fliegt Erna zur Seite. Bruno hebt seine Uniform auf, nimmt ein paar Münzen aus der Joppe und wirft sie Erna an den Kopf. Hocherhobenen Hauptes zieht er ab.

Die Pfandlin stiert auf das Geld. Es sind zwanzig Kreuzer, nicht einmal ein halber Gulden. Sie springt auf, rennt los, geradewegs in des Schreinermeisters Arme.

»Da bleibst!«, sagt er grob.

Sie aber schiebt ihn zur Seite und verschwindet schimpfend im Haus.

*

Ein schwaches Stünderl später streunt der Sepperl ums Eck. Er stellt sich zum Pfandl an die Hobelbank.

»Was willst?«, sagt der Schreinermeister missgelaunt. Er kann sich denken, was der Sepperl will.

»Nachschaun muss ich, wie es deinem Dachschaden geht.«

Pfandl legt den Hobel weg. »Dir geb ich gleich einen Dachschaden!«

»Der Stadtrichter will's halt wissen ...«, gibt sich der Sepperl versöhnlich.

»Hat der nix andres im Sinn wie unser Dach?«

Der Sepperl schweigt und wartet. Als nichts kommt, setzt er nach: »Was ist jetzt? Ist das Dach ordnungsgemäß repariert oder net?«

Der Schreinermeister weiß nicht, was er antworten soll. Natürlich muss der Schaden gerichtet werden. Ihm ist durchaus bewusst, dass er für die Kosten aufzukommen hat. Aber er mag halt nicht. Und außerdem ...

»Und außerdem hab ich keine Leut.«

»Hmhm«, macht der Sepperl. »Keine Leut?«

Bevor dem Pfandl noch was einfällt, stapft der Sepperl ein Haus weiter. Da hocken drei französische Soldaten und gähnen, als wollten sie die Wolken vom Himmel fressen. Der Sepperl wendet sich an den vierten, einen Unterleutnant.

»Parlez-vous allemand?«, sagt er mit bairischem Einschlag.

Der Unterleutnant grinst: »Was wollen?«

»Magst ein paar Gulden verdienen ... florin?«

Die anderen Soldaten werden aufmerksam. Wenn es um Gulden, um Florin geht, sind sie dabei, denn der Sold ist mehr als mager.

»Kommts«, sagt der Sepperl und führt den Unterleutnant mit seinen Männern hinüber zum Pfandl. Der schaut nicht schlecht, wie auf amal vier Franzmänner vor ihm stehen.

»Da hast deine Leut!«, sagt der Sepperl und geht davon, ein lustiges Lied auf den Lippen.

*

Derweil steht Franziska Fuchs mit zornig erhobenen Fäusten auf dem Schrannenplatz.

Laut und deutlich hallen ihre Worte in die Runde: »Was wir Frauen verlangen, ist nichts anderes wie Gerechtigkeit, nichts anderes wie Freiheit, nichts anderes wie einen ebenbürtigen Platz zu den Männern in der Gesellschaft, und keine Fronarbeit unter der Fuchtel der Männer, keine zehn Kinder, nur weil sich der Mann nicht zusammenreißen kann, und keine Pfaffenpredigt mehr von der Kanzel ...!«

Zwei Gendarmen treten an sie heran, packen ihre Arme und drehen sie ihr auf den Rücken.

Wieder landet die Tochter des Stadtrichters in der gleichen finsteren Zelle wie beim letzten Mal.

*

In Freising blamiert sich Fuchs bis auf die Knochen.

Wie ein Wilder ist er in das Herbergszimmer seiner Frau hineingestürmt, mit erhobenem Dolch, blanke Mordlust in den Augen.

Doch was sieht er?

Mit zum Gebet erhobenen Händen und demütig gesenktem Blick kniet Katharina vor einem steinalten, kahlköpfigen Priester, der aufmerksam ihrer Beichte gelauscht hat.

Er legt Katharina die Hand auf und erteilt ihr die Heilige Absolution. »So spreche ich dich denn los von deinen Sünden. Im Namen des Vaters und des Sohnes und des Heiligen Geistes.«

Scheu bekreuzigt sich Katharina. Unbemerkt verlässt der Beichtvater den Raum.

Sie sind allein.

Wenig später knien sie im Mariendom und lauschen dem Organisten, der mit feinem Spiel ein Werk des Komponisten Adlgasser einstudiert.

»Bist mir wieder gut?«, sagt sie leise, und er nickt: »Ja, bin dir wieder gut – und jetzt hab ich einen fürchterlichen Kohldampf!«

27

Der Sonntag sieht dem Hansbauern zu, wie er von seinem Gäuwagerl beim Tumberger in der Neuhauser Gasse absteigt. Es ist später Nachmittag. Er ist noch ein bisserl früh dran, aber das macht ihm nix aus.

Daheim hat ihm die Frau wieder schwere Vorhaltungen gemacht, dass er sich zu wenig um den Hof, den Stall, das Viech und um die Kinder kümmert. Dass er bloß immer seinen saudummen Ideen nachhängt und damit die ganze Familie in Verruf bringt.

Dass ein durchaus kultivierter Seigneur namens Lamar auf dem Hof erschienen war und Fragen gestellt hat, verschweigt sie lieber. Sonst verprügelt er sie am End noch.

Er hat versucht, ihr zu erklären, was es mit seinen saudummen Ideen auf sich hat, nämlich dass die Franzosen das Land ausräubern, nicht nur die Ställe leeren und die Frauen schwängern, sie stehlen auch alles, was in den wenigen intakten Kirchen nach dem Montgelas seiner Säkularisation noch übrig geblieben ist.

Sie hat's nicht hören wollen, sein Weib. Hat lieber geflennt und von ihrer Angst um ihn gesprochen und dass der Pfarrer das Gleiche sagt – nämlich, dass er sich in den falschen Kreisen herumtreibt und sich mit den falschen Leuten umgibt.

So sagt es Hochwürden Herr Pfarrer. Das aber, was der Geistliche schwatzt, ist dem Hansbauern wurscht!

Er betritt die Gaststube, sucht nach einem Platz mit freiem Blick zur Tür und bestellt einen Schoppen Südtiroler Roten. Er steckt sich eine Zigarre an und betrachtet die Speisekarte.

Einen Isarhuchen ... oder vielleicht eine gsottene Forelle? Was passt besser zum Wein? Er denkt an den alten Spruch: »Wenn du nicht weißt, was du zum Wein essen sollst, dann lass das Essen einfach weg.«

Es wird die Forelle.

*

Die Uhr schlägt sechsmal, wie der Sixtus zur Tür hereinwischt. Draußen fällt dichter Schnee, es ist bereits dunkel. Hinter Sixtus trampelt sich der Dangl Wigg den Schnee von den Stiefeln. Endlich schleicht auch der Zipfisepp daher, die dicke Wollhaube tief ins Gesicht gezogen.

Ein stummer Blickwechsel.

Der Hansbauer leert sein Glas und steht auf. Die Kellnerin weist ihnen ein leeres Nebenzimmer zu. Da sind sie ungestört.

Die Männer bestellen Bier und Brotzeit, dann schließen sie die Tür. Als Getränk und Essen serviert sind, beginnt der Hansbauer seinen Vortrag.

»Kamradn, dank schön, dass ihr kommen seids. Der Weg ist weit und das Wetter ist schlecht. Sei's drum. Kamradn, es geht um unsere Heimat, um unser geliebtes bayerisches Vaterland, wo die Franzosen hausen wie die Barbaren. Ja, der Napoleon hat Bayern zum Königreich gemacht, das stimmt. Aber wie er uns sein Recht aufzwingen will, das können wir nicht zulassen. Sein Code Civil ist zwar noch nicht eingeführt bei uns, aber es gibt die erklärte Absicht, das zu tun.«

»Was«, sagt der Zipfisepp, »ist der Kozzivil?«

»Ist doch wurscht, was der ist!«, sagt Sixtus, dessen Krug schon leer ist.

»Den Code Civil ...«, stottert der Hansbauer, der sich nicht so recht auskennt mit diesen Dingen, »hat der Napoleon gemacht für sein Land.«

»Prima«, sagt Sixtus. »Dann soll er auch in seinem Land bleiben.«

»Und wie geht's jetzt weiter?«, sagt der Dangl Wigg. Ihm dauert das alles zu lang, weil er an den Heimweg denkt.

»Kamradn, ich will kurz erklären, was wir bisher geschafft haben«, fängt der Hansbauer wieder an. »Vier Franzosen sind von uns hingerichtet worden. Der eine hat die Dritteldirn auf einem Hof bei Landshut erst vergewaltigt und dann erstochen. Ein anderer hat einem Bartscherer die Kehle mit seinem eigenen Rasiermesser durchgeschnitten, weil ihn der nicht barbieren wollt. Der dritte Franzos ist hinworden, weil er Geld aus einer Gemeindekasse im Gerichtsbezirk Erding genommen hat. Und dann, Kamradn, war da noch die schlimme Sach mit dem alten Wegwartl ...«

»Mir langt's!«, sagt Sixtus. Die anderen stimmen ein. Es interessiert sie nicht, was war. Es interessiert sie auch nicht, was mit dem Wegwartl gewesen ist, den keiner von ihnen kennt. Das berührt die rauen Burschen aus dem Oberland einen Dreck.

Sie wollen wissen, wie es weitergeht. Sie wollen erfahren, was sie zur Befreiung des teuren Vaterlandes beisteuern können – und ob ihnen für die gefährliche Aufgab ein paar Gulden in das eigne Säckl fließen.

Das wollen sie wissen. Und nix andres nicht.

Der Hansbauer lässt noch eine Runde Bier auffahren. Als sie getrunken haben, kommt er zum Punkt.

»An Silvester hab ich mit dem Kamradn Trischberger das Folgende vereinbart: Am Sonntag, Unsrer Lieben Frauen Lichtweih, 2. Februar, früh um fünf Uhr, wird losgeschlagen. Sobald wir den Moreau haben, wird er am Schrannenplatz aufgehängt.«

»Was ist? Seids dabei?«, sagt der Hansbauer.

Stummes Nicken – sie sind dabei. Auf Gedeih und Verderb, fürs Vaterland.

»Du hast was von einem Auftrag gesagt«, meint nach einer Weile der Zipfisepp. »Wo kommt denn der Auftrag her?«

»Das tät mich jetzt direkt auch intressiern«, sagt der Dangl Wigg mit glasigen Augen. Ihm ist das letzte Stamperl nicht gut bekommen. Wahrscheinlich braucht er noch zwei oder drei, damit es wieder besser wird.

Der Hansbauer denkt nach.

Soll er den Männern sagen, woher der Auftrag stammt? Soll er ihnen erzählen, was er mit Hauptmann Trischberger von der Bayerischen Fußartillerie ausgehandelt hat, der sagt, dass das gesamte Bayerische Heer nur auf einen Anlass wartet, um gegen die verhassten Franzosen aufzustehn – koste es, was es wolle?

Er ist ja selber bloß ein einfacher Bauer, aber sein Instinkt sagt ihm, dass das jetzt nicht der richtige Augenblick für großartige Erläuterungen ist.

Der Instinkt, so hat es ihm der zungenfertige Trischberger auseinandergesetzt, ist die Stimme des Blutes. Für den Instinkt bedarf es keiner verstandesmäßigen Regeln und Gesetze. Das ist Politik!

Wie soll der Hansbauer das den Männern beibringen, wo er es selber nicht kapiert?

»Das erklär ich euch vielleicht später«, sagt er deshalb. »Und jetzt gibt's noch eine Runde Schnaps – auf meine Rechnung!«

28

Franziska kauert auf dem Boden ihrer Zelle. Sie hungert, sie friert, ihr ist unwohl.

»Warum darf ich nicht sagen, was ich mir denk? Warum geht alles nach der Obrigkeit? Warum kann eine Frau nicht tun, was sie will?«

Warum?

Franziska springt auf, drischt gegen die Zellenwand: »Warum? Warum? Warum?«

Sie sinkt zurück auf den eiskalten, dreckigen Boden …

Warum?

Sie nickt ein; leises Klopfen lässt sie aufhorchen. Sie legt das Ohr an die Wand und lauscht. Dürre Worte, die sie kaum versteht, dringen durch die Mauer. Sie klopft dreimal und wartet. Dreimal klopft es zurück. Franziska klopft wieder; so geht's eine Weile.

Abermals Wortfetzen aus der Nachbarzelle. Diesmal passt sie besser auf.

»Wer ist da?«, klingt es dumpf herüber. Franziska legt ihre Hände um den Mund. Sie hält das Gesicht an die Wand.

»Franziska …«

Sie wartet auf Antwort. Es dauert.

»Voitl!«

»Was?«

»Voitl … Valentin.«

»Valentin?«

»Ja – Valentin.«

»Wegen was bist da?«, will Franziska wissen.

Es geht mühsam, mit Unterbrechungen, aber es geht, und Franziska erfährt, dass Valentin ein Hutmacher aus der Dachauer Gegend ist. Den Weinwirt in der Thalkirchner Straß, dem er einen Hut gemacht hat, hat er sauber verprügelt, weil er nicht zahlen wollt. Drum hockt er jetzt da und wartet, was ihm der Stadtrichter aufbrummt.

Franziska muss sich hinsetzen, so schlecht ist ihr. Von drüben kommen weitere Fragen, aber sie vermag nicht zu antworten. Valentin bleibt hartnäckig. Er ist froh, jemanden zum Fragen, zum Klopfen, gefunden zu haben.

*

Valentin Ransmair ist der Sohn von Taglöhnern aus Dachau. Er ist gerade neunundzwanzig Jahre alt geworden. In der Sonntagsschule hat er kaum etwas verstanden, aber mit den Händen weiß er sich zu helfen. Der hochaufgeschossene Bursche hat schließlich beim Hutmacher Gmelch Unterschlupf und Lehre gefunden. Wie der Gmelch an Quecksilbervergiftung gestorben ist, soll Valentin die Witwe heiraten, aber er kann sich dazu nicht durchringen. Er ist fortgezogen, hat es aber nur grad bis in die Münchner Stadt geschafft. Dort hat er sich in der Spitalergasse in einer leeren Hütte eine Werkstatt eingerichtet. Und dann ist die Sach mit dem Weinwirt passiert.

*

Franziska liegt auf dem Boden der Zelle. Sie hat sich zum zweiten Mal übergeben müssen. Sie ist kalkweiß im Gesicht. Die Augenlider flattern, der Mund ist wie ausgetrocknet.

Plötzlich kommt ihr ein entsetzlicher Gedanke. Ist sie …? Vom Demlinger …? In anderen Umständen …?

Wieder übergibt sie sich. In der Zelle stinkt es erbärmlich. Weil Valentin nicht aufhört, zu klopfen, rafft sich Franziska mühsam auf, tritt an die Wand, will ihrerseits antworten, schafft es nicht; kraftlos sinkt sie zu Boden.

*

Der andere Morgen bringt keine Besserung. Franziska kann nicht aufstehen, kauert in der Ecke. Das Klopfen von der Nachbarzelle hat aufgehört.

Wie es Valentin geht?

In diesem Augenblick wird die Zellentür aufgeschlossen. Ihr Vater, Stadtrichter Kaspar Fuchs, steht da. Als er den Zustand seiner Tochter erkennt, zuckt er zusammen.

»Was hast denn …?«, keucht er. »Gerichtsdiener, einen Arzt!«

Er kniet bei Franziska, die erschöpft den Kopf hebt.

»Vater?«

»Ja, Kind. Ich bin da.« Nach draußen: »Wo bleibt der Arzt?«

»Vater, ich …«

»Ruhig, Franziska. Ich bring dich hier raus. Auch wenn du wieder amal eine Dummheit mit der öffentlichen Rederei begangen hast, so bist du trotzdem meine Tochter, und meine Tochter lass ich nicht im Gefängnis sterben.«

»Ich werd nicht sterben.«

»Bist du sicher?«

»Ja, Vater. Ich bin nicht krank.«

Fuchs betrachtet sie misstrauisch. »Sondern?«

Klopfgeräusche.

Fuchs richtet sich auf. »Was ist das?«

»Das ist mein Verlobter, der Vater von meinem Kind.«

Der Stadtrichter kennt sich nicht mehr aus.

»Dein Verlobter? Ein Kind?«

Franziska hat einen Gedanken gefasst. Es darf nicht sein, dass der windige Augustinerpater der Vater von ihrem Kind ist. Einen Priester kann man nicht heiraten, er ist der Kirche versprochen. Niemals könnte Demlinger sie und das Kind versorgen. Sie müsste … wenn ihre Familie sie verstößt …? Ins Wasser – abermals?

Nein!

»Ja. Das ist der Valentin, *mein* Valentin«, sagt sie tapfer. »Ein Hutmacher ist er, und ein anständiger Mensch.«

»Ein anständiger Mensch? Warum ist er dann hier?«

Franziska hat sich gefangen, fasst neuen Mut, richtet sich auf und blickt ihm in die Augen.

»Das, Vater«, sagt sie, »fragst ihn am besten selber.«

*

Es dauert noch seine Zeit, aber dann sitzen Franziska und Valentin dem Vater im Gerichtszimmer gegenüber. Sie hat Valentins Hand gepackt und hält sie umklammert, dass es dem jungen Mann direkt unangenehm wird.

»Du bist also der Vater?«, sagt Fuchs zu ihm. »Wie ist denn das passiert?«

Valentin schaut zu Franziska, die seine Hand gepackt hält. »Keine Ahnung …«

Fuchs muss grinsen. »Du bist doch ein Mann?«

»Freilich bin ich ein Mann«, sagt er verwirrt.

»Gut. Aufgeklärt über gewisse … Vorgänge bist auch?«

»Ja schon, aber ich versteh Euer Gerede einfach net«, meint der arme Kerl hilflos.

Was ist das für ein Mann, der ihn ohne viel Federlesens

aus dem Karzer geholt hat? Dass Franziska seine Tochter ist, das kapiert der junge Hutmacher grad noch. Aber das mit dem Kind?

»Um welches Kind geht's denn da?«, will er wissen.

Kaspar Fuchs dämmert es langsam, dass Franziska sich die Geschichte ausgedacht hat.

»Ich bin der Stadtrichter Kaspar Fuchs«, beginnt er. »Und das ist Franziska Fuchs, meine Tochter. So weit, so gut. Du, Valentin Ransmair, bist nach Auskunft meiner Tochter der Erzeuger eures Kindes. Ist das so weit als richtig anzunehmen?«

»Nein«, sagt Valentin. Langsam geht ihm die Geduld aus. »Ich kenn sie doch gar nicht.«

»Wie …?« Fuchs fährt sich durchs Haar. »Wie bringt ihr dann ein Kind zustand?«

Abrupt steht Valentin auf. »Ich will zurück in meine Zelle!«, sagt er und geht zur Tür. Franziska packt ihn und zwingt ihn einigermaßen verzweifelt zurück auf seinen Stuhl.

»Vater, lass mich erklären«, sagt sie. »Wir haben uns vor … vor zwei Wochen in … in Schwabing getroffen.«

»Wo?«, mault Valentin. Die junge Frau ist durchaus anziehend, aber irgendwie auch dappig. Er versteht einfach nicht, auf was sie hinauswill. Dem Stadtrichter ist anzusehen, dass es ihm ähnlich geht.

»Du warst in Schwabing?«, sagt er. »Davon ist mir nichts bekannt. Wie lang warst denn da?«

Franziska schwitzt, ihr ist wieder unwohl; es will ihr nix Rechtes mehr einfallen. »Ein paar Stund.«

Der Stadtrichter greift sich an den Kopf: »Ein paar Stund? Na ja … zum Kindermachen … na ja … da braucht's net lang.«

Der Jurist in ihm ist am Ende seines Lateins: Fiat lux,

es werde Licht, denkt er und sagt: »Wie soll es denn jetzt weitergehn mit euch?«

»Wir heiraten!«, sagt Franziska tapfer und zerquetscht Valentins Finger.

Fuchs hebt die Hand. »Halt! So einfach geht es dann auch wieder nicht. Laut den mir vorliegenden Unterlagen hast du den Weinwirt Oberhofer aus Thalkirchen so verprügelt, dass er sich zu einem Bader begeben hat müssen, der ihm das Gesicht wieder zusammengeflickt hat. Das hat den Oberhofer drei Gulden und vierundfünfzig Kreuzer gekostet.«

Valentin setzt sich auf: »Der Oberhofer ist selber schuld. Hätt er gezahlt, dann wär sein Gesicht noch ganz.«

»Und die drei Gulden und vierundfünfzig Kreuzer? Wer zahlt ihm die?«

»Ich net!«, bockt Valentin.

»Vater?«, sagt Franziska, aber sie kommt nicht zu Wort.

»Entweder du gehst dreißig Tag ins Gefängnis … oder du zahlst die Kosten vom Bader. Dann verringert sich die Strafe auf zehn Tage.«

»Ich soll – nein!«

»Vater«, meldet sich wiederum Franziska.

»Was willst denn?«, sagt Fuchs unwillig. »Das ist eine gerichtsmäßige Verhandlung. Da hast du nicht dreinzureden.«

Franziska nimmt Valentins Hand fest in ihre und legt sie auf den Tisch. »Vater, du kannst doch meinen Verlobten nicht dreißig Tag lang einsperren.«

»Warum denn nicht?«

»Was soll denn unser Kaspar davon denken?«

»Welcher Kaspar?«

Jetzt grinst Valentin. »Unser Kind, Schwiegerpapa, wird Kaspar heißen – genau wie sein Opa.«

Da geht dem alten Fuchs das Gesicht auseinander.

»Ich hab einen Vorschlag«, sagt stattdessen seine Tochter. »Was kostet der neue Hut von Oberhofer?«

»Vier Gulden und zehn Kreuzer«, erklärt Valentin.

»Wenn wir«, rechnet Franziska, »wenn wir die vier Gulden und zehn Kreuzer gegen dem Bader seine drei Gulden und vierundfünfzig Kreuzer aufrechnen, dann kriegt der Valentin noch …«

»Halt!«, sagt der Stadtrichter heftig. »So weit kommt's noch, dass der Prügler vom Geschädigten noch ein Geld kriegt. Aber wenn ich so drüber nachdenk … vielleicht … na ja … drei Tag und damit basta!«

29

Es gleicht einer Laune der Geschichte, wie sie den Bayerischen Hauptmann Ludwig Georg Trischberger und den Hansbauern aus Giesing zusammenführt.

An diesem Mittwoch hat es den Hansbauern hart getroffen.

Sein Weib, die Loni, hatte es sich in den Kopf gesetzt, sich von einer Modistin in der Stadt ein Kleid nach der neuesten französischen Mode machen zu lassen. Bei den Kosten für das Gewand verschlug es dem Hansbauern erst einmal den Atem.

Jetzt hat ihn Loni mit nach München geschleppt – zur Anprobe des neuen Kleides. Was er da zu sehen bekommt, entsetzt ihn arg. Allein das Dekolleté ist an Obszönität nicht zu überbieten; der halbe Busen war zu sehen, wo doch seine Loni keine achtzehn Jahre mehr alt ist.

Und jetzt ein Kleid nach der neuesten Mode – kein Korsett, kein Reifrock mehr … welch ein Sittenverfall! Wütend ist der Hansbauer aus der Schneiderei gestürmt.

Jetzt beruhigt er sich bei einem Krug Bier beim Unterbräu im Tal. Da geht es bereits am Vormittag lustig zu. Verkleidete Figuren streunen herum, heitere Lieder erklingen – Fasching ist!

Der Hansbauer bestellt, weil ihm der Magen knurrt und er sich beruhigen muss, eine gefüllte Kalbsbrust vom Rippenstück, dazu Semmelknödel.

Wie er so vor sich hin mampft und es sich gut gehen

lässt, betreten zwei Männer in Uniform den Dürnbrau. Nirgendwo ist mehr Platz; drum hocken sie sich zu ihm an den Tisch. Dem Hansbauern macht das nichts aus, er ist froh um jede Ablenkung von der leidigen Kleidergeschichte.

Bald kommen die Männer ins Gespräch; die Worte fliegen hin und her. Es stellt sich heraus, dass der Hansbauer den jüngeren Bruder des einen Soldaten, den Girgl, vom Markt am Schrannenplatz her kennt. Der Girgl ist ein Eierdandler und bietet dort seine Ware an, gleich neben dem Stand vom Hansbauer, der sein Ochsenfleisch loswerden will.

Der ältere Soldat steht auf, schlägt die Hacken zusammen, salutiert und reicht dem verdutzten Hansbauern die Hand.

»Darf mich vorstellen. Ludwig Georg Trischberger, Hauptmann vom Ersten Bayerischen Infanterieregiment!«

Das Bier ist süffig, die Stimmung steigt.

Nachdem sich Trischbergers Kamerad empfohlen hat, kommen sie auf die Zukunft zu sprechen. Nach der vierten Maß und etlichen Schnäpsen ist man beim vertraulichen Du angelangt.

»Ich sag dir was, Kamrad!«, sagt Trischberger düster. »Ich sag dir, das geht nicht lang gut mit den Franzosen. Die sind schlecht für unser Bayernland … hundsmäßig schlecht. Das sagt dir ein Kamrad!«

Der Hansbauer nickt beifällig. »Wenn wir so weitermachen«, sagt er, »haben wir bald keine bayerischen Kinder nicht mehr in unserem Land, sondern bloß noch französische Bankerten.«

»Ganz genau!«, sagt Trischberger und ordert eine Runde Schnaps. Er fühlt sich sauwohl in seiner Haut. »Das stinkt mir schon lang, dass wir mit den Franzosen exerzieren sollen. Am End muss man noch Französisch lernen. Ich sag dir, Kamrad, das ist eine fürchterliche Sprach!«

»Das lern ich nie!«, sagt der Hansbauer mit christlicher Überzeugung.

Eine Pause entsteht.

»Glaubst du wirklich, dass es besser wird?«, meint der Hansbauer.

»Kamrad, ich glaub«, der Trischberger rückt näher, »ich glaub, der Napoleon braucht uns zum Kriegführen – das sag ich dir!«

»Und nachher?«

»Nachher ziehen wir für die Franzosen in den Krieg!«

»Das darf nicht sein!«

»Doch!«, keucht Trischberger und rennt hinaus, weil ihn die Blase drückt. Beim Wasserlassen denkt er über den Hansbauern nach.

Was wär denn, wenn man diesen aufrichtigen Patrioten in den Plan, den Großen Vaterländischen Plan der Landes-Defension einweihen tät? Das wär doch plötzlich eine ganz neue Dimension. Gewiss hören die Leut auf den Giesinger Großbauern. Und ganz gewiss hat er ausreichend Geld im Sack, um die Bayerische Landes-Defension tatkräftig zu unterstützen.

So einer kann die Menschen in seiner Umgebung für die gute Sache mobilisieren, wo doch bereits ein Anfang gemacht ist.

Vier Franzmänner sind tot – nach ruchlosen Verbrechen an unschuldigen Bayern hingerichtet durch tapfere Vaterlandsfreunde, die die heilige Fahne der bayerischen Sache hoch und in Ehren halten. Überall sind sie, die Kameraden, beim Adel, in der Bürgerschaft, selbst im Klerus.

Trischberger schließt den Hosenstall und grinst. In Freising hat er einen Augustinerpater getroffen, der hat ihm vorgejammert, dass er aus München wegen einer Weibergeschichte – an der er vollkommen unschuldig war – hat fliehen müssen. Jetzt trenzt er und weiß nicht mehr weiter.

Der Trischberger hat ihn unter seine Fittiche genommen und ihm Arbeit verschafft. So einfach ist es. Gib den Menschen Arbeit und Brot, dann kannst du sie für deine Zwecke einspannen.

Zurück beim Hansbauer genehmigen sich die beiden gestärkten Kameraden noch ein paar Maß.

Bevor sie auseinandergehen, reichen sie sich die Hände und schlagen ein. Der Trischberger und der Hansbauer und die Bayerische Landes-Defension.

Auf die Franzosen!

30

Es ist weit nach Mitternacht am Donnerstag, den 30. Januar 1806. Die Feder fliegt nur so über das Papier. Franziska sitzt über dem ersten Kapitel ihres Romanes »Die verlorene Unschuld der Maria Griesbeck«.

Mitzi, um die es in dem Buch gehen wird, schläft derweil im Nebenzimmer. Das Haus ist ruhig, nur der Vater ist noch unterwegs.

Kapitel 1

Es war ein düsterer Februartag des Jahres 1776, ~~wie~~ als Maria, von allen ~~nur~~ Mitzi genannt, in einer armseligen Hütte das Licht dieser Welt ~~schaute~~ erblickte. Ein ~~Böses~~ launisches Schicksal hat es dem Kind ~~wohl~~ nicht ~~vergunnt~~ vergönnt, in einer ~~braven~~ christlichen Familie aufzuwachsen. Maria sollte einen Vater ~~gekriegt~~ bekommen, den Wolfram Griesbeck, der ~~wo~~ kein Vater ~~nicht~~ war, sondern ein heruntergekommener Bürstenbinder, welcher ~~sich nicht zu schade war,~~ den kargen Lohn ~~von~~ seiner Arbeit noch am gleichen Tage ~~zu versaufen~~ vertrunken hat. So muss sich das Kind ~~allein~~ auf die ~~Beine~~ Füße stellen. ~~und~~ Sich allein durch das Leben bringen, wollte will ~~sie~~ es nicht verhungern.

Franziska legt die Feder zur Seite. Sie fährt sich über die Stirn. Der Anfang gefällt ihr nicht. Man muss anders beginnen. Vielleicht nicht gerade mit der Geburt des Kindes, sondern weiter zurück in der Zeit.

Zum Beispiel mit Wolfram Griesbeck, dem Vater. Was ist er für ein Mensch? Warum ist er dem Alkohol verfallen?

Was ist mit der Mutter? War sie eine Hure oder eine Zufallsbekanntschaft? Vielleicht ein Waschermadl, das dringend Geld brauchte? Was ist aus ihr geworden? Ob sie noch lebt? Man muss sie finden, mit ihr reden.

Ist das wirklich so einfach?

Und wo ist der Scharwinkel, Mitzis Geburtsort? Dort muss die Geschichte ihren Anfang nehmen. Denn dort beginnt der Mitzi ihr Weg.

Mit diesen Gedanken legt sie das eng beschriebene Blatt zur Seite. Auf leisen Sohlen verlässt sie das Haus.

*

Der Schwarwinkel ... Franziska hat nur eine dunkle Ahnung, wo der sein könnte. Oberanger ... Zeughaus ... Rossmarkt – nein: Der Scharwinkel ist in der Nähe vom Rindermarkt.

Sie zieht den Mantel fester um den Leib. Die Wollhaube sitzt tief im Gesicht. Es ist eiskalt. Der Schnee fällt in dicken Flocken. Man sieht kaum ein paar Meter weit.

Die junge Frau bewegt sich vorsichtig durch die düsteren Gassen. Es dauert, bis sie sich an der Rossschwemme ... am Rindermarkt und am Zeughaus, das dunkel vor ihr aufragt, zurechtfindet.

Keine Menschenseele ist unterwegs.

Langsam geht Franziska an den niederen Häusern entlang, sucht nach Hinweisen auf die Bürstenbinderei von Wolfram Griesbeck, aber es gibt kein Schild und auch keine

Tafel mit dem Namen. Kann es sein, dass Griesbeck nicht mehr hier lebt? Kann es sein, dass er im Gefängnis sitzt, dass er tot ist, dass er –

»Wen haben wir denn da?«, murmelt eine Stimme.

Franziska erschrickt. Der Mann, dem die Stimme gehört, tritt näher. Eine Kapuze verbirgt sein Gesicht. Er fasst sie am Arm. »Was machst denn so spät auf der Gassn? Magst dir was verdienen?«

Franziska will sich losreißen, aber der Griff des anderen ist eisenhart.

»Am besten«, sagt er, »du gehst mit. Ich kenn eine Bierschenke. Da können wir reden … komm!«

Er zieht sie fort, weg vom Zeughaus, weg vom Rindermarkt, hinaus zum Oberanger, wo die Bebauung deutlich abnimmt.

Franziska versucht vergeblich, sich aus seinem Griff zu befreien. Unerbittlich schleppt er sie weiter, bis zu einer heruntergekommenen Bierstube, in der noch Licht brennt. Das Gegröle der betrunkenen Gäste hört man bis hinaus auf die Gasse. Kein Schild hängt über der Tür.

Franziska nimmt allen Mut zusammen und beißt ihrem Peiniger in die Hand, sodass er laut aufschreit und den Arm wegzieht. Sie beginnt zu laufen, stolpert im Schnee.

Er ist über ihr, reißt sie gewaltsam hoch.

»Wenn du das noch einmal machst, schneid ich dir den Hals ab!«, keucht er, ein Messer in der Faust. Sein Maul mit den Bartstoppeln ist dicht vor ihrer Nase. Er stinkt nach Knoblauch und Erbrochenem.

Franziska schließt die Augen … sie ist ihm ausgeliefert.

Plötzlich verschwindet die Fratze. Der Griff lässt nach. Franziska ist frei. Mit einem heftigen Ruck wird der Kerl nach hinten geschleudert und landet auf dem Hintern. Ein Fußtritt trifft seine Wampe. Er rafft sich auf und rennt davon.

Benommen erhebt sich die junge Frau. Sie streift den Schnee vom Mantel.

»Komm ...«, sagt ihr Retter. »Komm.« Er reicht ihr die Hand, hilft ihr, sich zu beruhigen, sich zurechtzufinden.

»Wer bist'n du?«, fragt sie überrascht.

»Raymonde«, meint er sanft.

»Raymonde?«

»Allons-y ... Gehen wir. Nix gut Ort für dich.«

Während sie gemeinsam den düsteren Ort verlassen, fällt ihr ein riesengroßer Stein vom Herzen, und sie wundert sich, dass niemand es hört.

31

Der Sepperl ist ungnädig. Wieder einmal soll er das Schreiben lernen.

Die Rote Nanni hockt neben ihm am Tisch und kritzelt Buchstaben auf ein Blatt Papier. Mit dem A haben sie angefangen. Jetzt sind sie beim D.

Sie malt es ihm vor. »Das ist ein D«, sagt sie geduldig und reicht ihm den Stift. Der Sepperl beginnt zu schreiben, aber das D wird zum Viereck.

»Nimm die rechte Hand«, erklärt Nanni. »Die linke ist nicht so gut.«

Wieder probiert er das D. Aber jetzt ist es ein O. Die Nanni nimmt ihm den Stift aus der Hand und versucht es anders. Sie kritzelt das Wort SEPP wie Sepperl aufs Papier. Er braucht es bloß nachzuzeichnen. Erst wenn es richtig dasteht, sagt sie ihm, was es bedeutet.

Der Sepperl schwitzt und schreibt. Lieber schleppt er einen Zentner Mehl von einem Ende der Stadt zum anderen, als dass er diese verwunschenen Zeichen zu Papier bringt.

Die Nanni ist hartnäckig. »Schreiben!«, befiehlt sie.

»Will wissen, was das heißt«, meint er verstockt.

»Das sag ich dir, wenn es da steht.«

Also schreibt er.

»DEPP« steht da. Er grinst.

Die Nanni grinst nicht. »Du Gscheithaferl, du hinterkünftigs! Das machst mit Absicht!« Sie wirft ihm den Stift an den Kopf. »Glaubst vielleicht, ich hab nix andres zu tun, als wie mich mit dir herumärgern? Geh mir aus den Augen – aber morgen geht's weiter!«

Der Sepperl spaziert hinaus in den frischen Morgen, froh darüber, der Schreibfeder entronnen zu sein. Immerhin hat er schon etliche Buchstaben intus. Viel kann nicht mehr fehlen, dann entziffert er Adressant und Adressat der Nachricht, die er überbringt. Und irgendwie ist er der Nanni auch dankbar, dass sie sich so eine Mühe gibt mit ihm.

Er mag's halt ums Verrecken nicht zugeben, dass sie mehr kann als er.

Nur eines darf nicht passieren: Dass der, ob seiner verschwiegenen Dienste so geschätzte Postillon d'Amour, schon bald wird lesen können. Das wäre sein Ende.

*

Beim Ramlo erwartet ihn neue Arbeit: Etliche Briefe sind auszutragen. Mühsam entziffert er die Adressaten.

Eine Botschaft lässt ihn aufhorchen. Sie ist gerichtet an Centa Grindler, Dienstmagd daselbst beim Stadtrichter Fuchs im Thürlbaderhaus zu München. Adressant ist der Sohn, Sixtus Grindler aus Lenggries.

Zu welchem Grund und Anlass schreibt das eigene Kind der Mutter einen extrigen Brief? Man möcht schon gern wissen, was drin steht.

Aber das geht nicht. Das darf halt nicht sein.

Der Sepperl dreht den Brief hin und her, her und hin. Der Ramlo bringt einen Mokka und eine stinkende Zigarre, dessen Mundstück er in das dunkle Bier taucht, bevor er sie anzündet.

Mit dem feuchten Rauchwerk im Mund, das partout nicht brennen mag, wandert er wie Napoleon sinnend und überlegend durch die leere Gaststube.

Die Neugier treibt ihn vor sich her.

Natürlich weiß er, wie man einen Brief auf- und wieder zukriegt, ohne dass der Empfänger es merkt. Und er weiß auch, dass das gefährlich ist – nicht so sehr das Öffnen selber, mehr noch die Kenntnisnahme des Inhalts.

Centa Grindler … Er kennt sie gut … Was ist passiert? Wer weiß, was für eine Tragödie sich hier abspielt?

Ist es nicht die Pflicht eines jeden guten Christenmenschen, sich um Wohl und Wehe der Mitbürger zu sorgen? Ist es nicht geradezu ein Gebot der barmherzigen Nächstenliebe, Elend und Not abzuwenden?

Man müsste sich seiner Lebtag lang schämen, hätte man nicht hilfreich und selbstlos die Hand zur Hilfe gereicht.

Ohne dass er es spannt, hat der Sepperl die Zigarre in den Ascher gelegt. Das brüchige Siegel grinst ihm entgegen.

Öffnen? Lesen?

Nein!

*

Wie es sich gehört, trägt der Sepperl die Post aus. Den Gang zu Centa Grindler erspart er sich bis zuletzt. Es ist weit nach Mittag, wie er bei ihr in der Kuchl sitzt. Sie hat ihm eine Tasse Bohnenkaffee hingestellt und dazu ein dickes Stück vom Nusszopf – mit Butter und Marmelad.

Katharina ist in der Stadt, Franziska ist mit Mitzi unterwegs.

»Magst noch ein Stückl?«, sagt Centa und lächelt verführerisch. Den Sepperl tät sie noch heut mit Kusshand nehmen, wär da nicht die damische Nanni. Wo sie doch, die Centa, die älteren Rechte hat.

Den Brief dreht sie unschlüssig hin und her. Was er wohl bringt? Gute oder schlechte Botschaft? Haben sie den Quirin beim Wildern erwischt? Haben sie ihn eingesperrt, weil er einen Jäger erschossen hat? Oder ist er gleich gar selber ums Leben gekommen? Bei der Holzarbeit in den Bergen geschehen oft beklagenswerte Unfälle.

Der Sepperl nimmt noch ein Stück vom Zopf, bestreicht es dick mit Butter und Marmelad, isst, trinkt, und wartet, was passiert.

Er kennt sie gut, die Centa. Es hat eine Zeit gegeben, vor der Roten Nanni, da sind sie miteinander gegangen, zum Tanzen, zum Feiern, zum Blödsinn machen. Aber dann ist die Centa in andere Umstände gekommen und hat nicht zugeben wollen, von wem. Wie dann der kleine Sixtus auf der Welt war, hat der Sepperl noch einmal gefragt, aber die Centa hat nix gesagt. Da sind sie auseinandergegangen.

Das zweite Stück vom Zopf ist verschwunden. Der Sepperl wird langsam ungeduldig. Endlich nimmt sich Centa Grindler ein Herz und öffnet den Brief.

Lesen kann sie, mehr schlecht als recht. Also hält sie das Blatt dem Sepperl unter die Nase, doch der schüttelt den Kopf. »Ich kann nicht lesen«, sagt er. Gleichzeitig versucht er, die ersten Worte zu entziffern.

»Liebe Mutter … fort auf der Stell … Lichtweih … Stadtrichter als Geisel … den Moreau aufhängen … nix verraten!«

Centa ist blass geworden. Ein zweites und ein drittes Mal überfliegt sie die Zeilen, buchstabiert einzelne Worte, mag nicht glauben, was da steht: Fort soll sie, weil an Lichtweih was passiert, und sie darf nix sagen. Lichtweih? Heut ist der 31. Januar, morgen der 1. Februar.

»Am Sonntag, Unserer Lieben Frauen Lichtweih, 2. Februar, früh um fünf Uhr, geht es los«, murmelt sie halblaut: »Unserer Lieben Frauen Lichtweih … 2. Februar. Darfst niemand was sagen davon!«

Sie schaut zum Sepperl, dem der Kaffee schal geworden ist.

»Was heißt denn das?«

Der Sepperl schnäuzt ausgiebig. Erst als das Sacktuch wieder in der Tasche verstaut ist, probiert er eine Antwort: »Vom Sixtus kommt der Brief?«

»Ja, vom Bub.«

»Und was steht drin?«

Sie liest, langsam und stockend.

»Aha«, sagt der Sepperl, wie sie fertig ist. »So weit wie ich das versteh, sollst aus dem Haus, weil an Lichtweih was sein könnt.«

»Das kapier ich ja«, meint sie mit Tränen in den Augen. »Aber was ist mit dem Stadtrichter?«

Der Sepperl zieht die Schultern hoch. »Zeig ihm halt den Brief.«

»Darf ja net«, schnieft Centa.

»Dann geh«, sagt er ein wenig zu grob. »Zu deinen Buben! Geh noch heut!« Damit ist er aus der Tür.

Die Frau schlägt die Hände vor das Gesicht. »Ich weiß doch nicht, wo er ist.«

Eine gute Weile später hat sie ihr Sach gepackt. Plötzlich fällt Centa Grindler ein, wohin sie will, auch wenn es ihr hart ankommt.

32

Es dunkelt bereits, wie der Sepperl beim Doktor Ottlinger im Rosental Einlass begehrt. Ottlinger ist der langjährige Hausarzt und Freund der Familie Fuchs. Von ihm erhofft sich der Sepperl einen Ratschlag, wie man die Geiselnahme des Stadtrichters am nächsten Tag verhindern kann.

Ottlinger, ein distinguierter, schlanker Mann mit scharfem Blick und gütigen Gesichtszügen, bittet ihn in die gute Stube der geräumigen Wohnung.

»Es pressiert«, beginnt der Sepperl, nachdem er einen Schluck vom dargereichten Branntwein genommen hat. »Der Stadtrichter und die Stadtrichterin und die Franziska, was denen die ihrige Tochter ist und die Centa …«

*

Doktor Karl Ottlinger entstammt einer Arztfamilie, die seit Mitte der 1750er-Jahre in München lebt. Er ist Arzt und Geburtshelfer. Der Vater war Bader in der Münchner Vorstadt Sendling. Die Mutter war die Tochter des Klosterapothekers aus Indersdorf bei Dachau.

Der dreiundsechzigjährige Arzt ist verheiratet mit Sieglinde, geborene Kranzler. Sie haben fünf Kinder.

*

Ottlinger hebt die Hand. »Schnauf dich aus«, sagt er ruhig und nippt am Gesundheitstee. »Und dann fangst noch amal von vorn an.« Er hebt die Tasse und prostet dem Sepperl zu. Der Tee stinkt wie verbranntes Gras.

Der Sepperl fasst sich. Dann erzählt er die Geschichte von Anfang an.

Wie er den Brief vom Sixtus zur Centa ins Thürlbaderhaus gebracht hat. Wie es die Centa gelesen und vordergründig nicht kapiert hat. Wie beide versucht haben, den Inhalt, insbesondere die Sach mit der Geiselnahme vom Fuchs, zu hinterfragen. Und wie ihr der Sepperl geraten hat, sofort das Haus zu verlassen.

Dass er inzwischen halbwegs gut lesen kann und dass das in diesem Fall ein Glück ist, davon erzählt er nix.

Schweigend hört Doktor Ottlinger zu. Er leert die Tasse. Eine Pause entsteht.

»Eine Geiselnahme, sagst? Morgen früh?«

Der Sepperl nickt stumm.

»Von wem, sagst, kommt der Brief?«

Obwohl es draußen eiskalt ist, schwitzt der Sepperl wie ein Schmalzbettler. »Vom Sixtus.«

»Vom Sixtus, aha. Der Sixtus, damit ich das recht versteh, ist der Bub von der Centa und arbeitet als Holzknecht in ... wo?«

»Beim Grafen Bernecker, draußen hinter Lenggries.«

»Der Bernecker? Was ist das für einer?«

Der Sepperl hebt die Schultern.

»Und der Sixtus? Kann man mit dem reden?«

Wieder hebt der Sepperl die Schultern. Seine Augen suchen den Weinbrand. Der Doktor nickt. Dankbar schenkt sich der Sepperl noch ein Glasl ein.

»Also nicht. Gut. Wer ist an der Sache noch beteiligt? Hast du irgendeine Ahnung?«

Der Sepperl trinkt, bleibt aber stumm. Der Arzt gönnt sich nun auch einen Schluck vom Weinbrand.

»Lass mich überlegen«, sagt er dann. »Ich schick sofort einen Boten zum Fuchs. Er muss herkommen. Es gibt einen Kriminalfall, den ich mit ihm besprechen muss. Er soll seine Frau mitbringen. Warum, das sag ich ihr, sobald sie da sind.«

Er steht auf, ruft die Magd herbei. Sie nickt zu seinen Worten und geht.

»Wo ist die Tochter?«

»Die Franziska?«, sagt der Sepperl. »Die wird unterwegs sein mit der Mitzi.«

»Mitzi?«

»Die Mitzi ist eine Freundin. Bestimmt sind sie im Voltaire, dem Künstlerlokal im Hirschbräugassl.«

Doktor Ottlinger erhebt sich. »Du gehst zum Voltaire und holst die Tochter samt der Freundin. Ich red mit dem Kaspar und seiner Frau. Hinten sind ein paar Gästezimmer. Da quartieren wir sie ein – ist ja bloß für ein paar Tage.«

Der Sepperl nickt erleichtert.

»Und jetzt fort mit dir!«, sagt der Arzt in ruhigem, sicherem Ton. »Alles wird gut. Und dank schön, dass du mich informiert hast.«

*

In derselbigen Nacht, es ist die Nacht zum 2. Februar 1806, hin auf Lichtmess, sind ein paar finstere Gestalten auf dem Weg von Lenggries nach München. Sie tragen dunkle Kleidung und haben ihre Gesichter mit Ruß eingefärbt, wie es die Schwärzer tun, die über die Grenze gehn.

Vom Hansbauern hat jeder ein Ross bekommen sowie eine Vorderladerpistole samt Bleikugeln und gefüllter Pulverflasche.

Die Männer sind guten Mutes, doch gibt es bereits jetzt Probleme.

Zum einen haben sie das Schießen nicht üben können. Das wäre sofort aufgefallen und hätte die Jäger auf den Plan gerufen. Und das richtige Laden der Waffe will auch nicht jedem gelingen.

Zum anderen muss der Dangl Wigg unbedingt seine Freundin, die schwarze Gretl, mitnehmen, weil das verführerische Weib seinen Schwarzgebrannten in der Stadt besser unter die Leut bringen kann wie er.

Die Gretl aber mit ihren Katzenaugen und den schwarzen Haaren hat eigene Pläne. Wenn sie den Stadtrichter – während seiner Geiselhaft – verführt und sich von ihm ein Kind machen lässt, dann ist sie für alle Zeit aus dem Schneider und braucht sich nicht mehr mit dem versoffenen Dangl abgeben.

Denn dann beginnt ein neues Leben. Dann zieht sie in die Stadt und lässt sich von den nobligen Herren aushalten, die es hier zur Genüge geben soll.

Im Wald bei Brunnthal wird der Trupp vom Hansbauern und seinen Leuten in Empfang genommen – so ist es ausgemacht.

Beim letzten Treffen hat man von zweihundert bis dreihundert Mann gehört. Dabei sind Soldaten zu Fuß und zu Pferd unter Hauptmann Trischberger, vaterlandstreue Milizionäre sowie ein Priester und zwei Bader.

Der endgültige Treffpunkt ist um fünf Uhr in der Früh des 2. Februar auf der großen Wiese hinterm Kaiserwirt am Lenzenfleck. Der Weg von dort führt über die Isarbrücke geradewegs durch das Thal, mitten in die Stadt hinein. Etwaige Wachen werden niedergemacht.

Es ist vereinbart, dass nicht gesprochen wird.

Dann reiten sie zum Thürlbaderhaus. Ist der Stadtrichter festgesetzt und zum Schrannenplatz gebracht, wird Hauptmann Trischberger die Herausgabe des verhassten französischen Stadtkommandanten Moreau verlangen. Moreau wird ohne Prozess erschossen.

So weit der Plan.

Ihnen ist bewusst, dass diese Schlacht um ihre geliebte bayerische Heimat besser enden muss wie die Sendlinger Mordweihnacht.

Am 25. Dezember 1705 waren im Dorf Sendling die aufständischen Bauern aus dem Oberland von einem würzburgischen Infanterieregiment unter habsburgischer Führung niedergemetzelt worden. Der blanke Hass, mit dem die adeligen Offiziere gegen die Aufständischen vorgehen ließen, resultierte damals wie heute aus der Erkenntnis heraus, dass die zum Großteil schlecht bewaffneten Bauern mit ihrem demokratischen Ansatz ein gefährliches Gegenmodell zum absolutistischen Staat in die Welt gesetzt hatten.

Nun weiß man, worauf es ankommt.

33

Um Mitternacht klopft ein Bote beherzt an die Wohnungstür der Familie Fuchs im Thürlbaderhaus. Doch alles bleibt still, alles bleibt dunkel.

Ist keiner daheim?

Der Bote klopft abermals, diesmal fester und länger. Endlich wird die Tür geöffnet, Kaspar Fuchs, die Schlafhaube auf dem Kopf, steht da. »Centa, wo bist denn gewesen?«

»Da«, sagt der Bote und reicht Fuchs ein Stück Papier. Der Stadtrichter überfliegt die Zeilen.

»Doktor Ottlinger? Jetzt, um diese Zeit? Was soll das?«

Der Bote schüttelt stumm den Kopf unter der Wollhaube. Ihn friert erbärmlich.

Fuchs liest.

»Mit Katharina? Ich versteh das nicht.«

»Gehen S' mit oder net?«, will der Bote wissen.

Fuchs überlegt kurz, dann nickt er. »Sag dem Doktor, wir kommen!«

*

Derweil ist der Sepperl beim Voltaire angelangt. Zu dieser Stunde ist das Lokal besucht. Es gibt Musik und Gesang und Bier und Wein. Der Qualm der Zigarren dringt bis auf die Gasse hinaus.

Unerschrocken stürzt der Sepperl sich ins Getümmel.

Zunächst landet er wieder beim Philosophischen Zirkel.

Heute gibt es einen Vortrag über den neuen Ansatz des Altphilologen Friedrich Ast mit dem Titel: »Ist der hermeneutische Zirkel ein ontologisches Problem?«

Das richtig zu lesen, ist ein Kreuz!

Dem Sepperl fällt auf, dass von den fünf Zuhörern drei schlafen und der vierte geistesabwesend in der Nase bohrt.

Er wandert weiter zum Literarischen Salon. Hier zeigt der Hinterhofmaler Gidius Painterl seine kalligrafischen Versuche um ein Bauernmadl, das er nackig gemalt hat und, um ihre Blöße zu kaschieren, sie mit Buchstaben zudeckt. Gerade ist er beim Buchstaben O angelangt, der, in zweifacher Ausfertigung, die Brüste des Mädchens mehr betont als verdeckt.

In der dritten Reihe sitzt Franziska mit Mitzi. Wortlos hockt sich der Sepperl dazu und lauscht den Worten des Schöpfers dieses epochalen Werkes.

»In der Kunst unserer heutigen Zeit«, sagt Gidi und streicht sich gekonnt durch die schwellende Haarpracht, »wird das Denkmal zu einem beliebten und populären Gegenstand der öffentlichen Wahrnehmung. Die Gesellschaft besinnt sich auf die Verehrung einzelner Menschen wie zum Beispiel dem hier abgebildeten Bauernmädchen aus einfachster Herkunft. Es dient gleichsam als naives Symbol des heraufziehenden neuen Zeitalters und zeigt uns …«

»Schöne Duttn hats!«, erklingt es aus dem Publikum.

Die Bemerkung wird mit deftigen Wortbeiträgen garniert, was dem Sepperl die Gelegenheit gibt, Franziska auf sich aufmerksam zu machen. Vorsichtig stößt er sie an.

»Sepperl?«, sagt sie überrascht. »Was is?«

»Komm«, sagt er und steht auf.

Während Gidi sich in den Weiten moderner Kunstrichtungen verliert, verlassen Franziska, Mitzi und der Sepperl das Lokal.

Draußen auf der Gasse erklärt er mit knappen Worten, was geschehen ist.

»Wir gehen zum Doktor Ottlinger. Da seid ihr sicher.«

Franziska gibt sich noch nicht zufrieden. »Ich kann mir einfach nicht vorstellen, dass der Vater eine Geisel werden soll. Er hat doch keinem was getan.«

»Mag sein«, sagt der Sepperl. »Aber im Augenblick passieren komische Sachen in Bayern. Da heißt es aufpassen.«

»Der Sixtus, was ist mit dem?«

»Ich weiß es nicht, Franziska. Gehen wir!«

Während es wieder stärker schneit, nehmen sie den Weg über den Färbergraben zur Wohnung von Doktor Ottlinger im Rosental. Die Gassen liegen so dunkel und verlassen da wie ein verhexter Friedhof. Es sind nur ein paar Minuten, aber innerhalb kürzester Zeit sind sie über und über mit Schnee bedeckt.

In der guten Stube des Arztes werden sie von Kaspar und Katharina Fuchs erwartet. Nervös spielt Katharina mit ihren Fausthandschuhen. Der Stadtrichter hält sich an einem großen Glas fest, das gefüllt ist mit Cognac.

Die Stimmung ist gedrückt.

»Ich zeig euch, wo ihr die nächsten Tage bleiben könnt«, sagt Ottlinger und geleitet seine Gäste in die inzwischen hergerichteten Zimmer.

Derweil macht sich der Sepperl auf den Weg zu seiner Behausung, drei Stiegen überm Kamin am Petersplatz. Dort erwartet ihn eine Überraschung.

34

Kurz nach vier Uhr früh erreicht der Trupp die Wiese am Lenzenfleck. Sixtus hämmert gegen die Haustür. Der Kaiserwirt, ein Mann in den Vierzigern mit einem dreieckigen Schädel und wenig Haaren am Kopf, linst zum oberen Fenster heraus.

»Parole?«

»Was?«

»Wie heißt die Parole, du Depp?«

»Keine Parole kenn ich net«, sagt der Sixtus belämmert, weil er von keiner Parole nix weiß und weil mit dem Hansbauern keine Parole nicht ausgemacht ist.

Das Fenster wird zugeschlagen.

Wieder hämmert Sixtus gegen die Haustür, die Pistole im Anschlag. Die Kameraden werden unruhig.

Der Fensterschlag geht auf und ein Kübel mit eiskaltem Wasser platscht auf die mit Eis und Schnee verkrustete Wollhaube vom Sixtus.

»Himmelherrgottsakrament!«, brüllt er und springt zurück.

»Jetzt wennst net gleich aufmachst, dann …«

»Was nacha dann?«, erklingt es spöttisch von oben. Der Fensterschlag klappt wieder zu.

Der Dangl Wigg schiebt den Sixtus auf die Seite und nimmt Anlauf. Zweimal rumpelt er mit der Schulter gegen die Tür. Zweimal tut sich nix.

Vom Fenster wieder ein Ruf: »Parole?«

»Leck mich am Arsch!«, plärrt der Sixtus fuchsteufelswild. Er ist durchgefroren, zittert am ganzen Leib und braucht unbedingt einen warmen Ofenplatz.

Plötzlich geht die Haustür auf. Eine Magd tritt heraus und hebt einladend die Hand.

»Geht doch«, kommt es vom Fenster. »Einmal bist der Hund, einmal bist der Baum!«, kichert es.

Schließlich hocken sie am Kachelofen. Die Holzscheite krachen, dass es eine Freud ist.

Auf einem großen Tablett trägt die Magd Fleisch und Brot und Käs herein und gleich drauf etliche Humpen Bier.

Die Magd – der Zipfisepp schaut ihr verdruckt hintennach. Ihn juckts. Das wär schon eine – die Magd.

»Resi«, befiehlt der Kaiserwirt, »den Branntwein. Die Männer frieren.«

Sie langen kräftig zu.

Der Zipfisepp lasst die Resi nicht aus. So eine runde, gsunde, pfundige … und das mitten in der finstersten Winternacht am Lenzenfleck. Allein wenn er wär mit ihr … allein zu zweit mit der Resi …

»Der Hansbauer lässt ausrichten, er kommt später«, sagt der Kaiserwirt mitten hinein in die lustige Völlerei.

»Später? Warum denn?«, will der Sixtus wissen.

»Der Hauptmann hat ihn versetzt. Den sucht er. Drum kommt er später.«

»Den Trischberger?«

Der Kaiserwirt wendet sich ab. »Den seinen Namen will ich net wissen.«

»Was bist denn gar so grantig?«, sagt der Zipfisepp und leert den nächsten Becher Branntwein. Eine ungute Hitze steigt in ihm auf.

Der Kaiserwirt nimmt ihn fest in den Blick. »Hab's dem Hansbauern versprochen, dass ich helf. War ihm einen

Gefallen schuldig. Aber mit dem ist es jetzt vorbei. Ich kenn keinen von euch. Ich kenn keinen Namen. Ich kenn keinen Plan net, hab euch nie getroffen. Und jetzt schleichts euch.«

»Öha!«, sagt der Zipfisepp, dem der Branntwein in den Kopf steigt. »Willst uns nausschmeißn?«

Ob der Überzahl seiner groben Gäste rudert der Kaiserwirt zurück. »So war's net gemeint. Aber ihr müsst verstehn, dass ich meine Ruhe haben will. Euer Sach ist nicht die meinige und sie geht mich auch nix an. Von mir aus könnts in der Gaststube schlafen, bis der Hansbauer da ist.«

»Vergelt's Gott auch!«, sagt der Sixtus spöttisch. Er legt die Pistole auf den Tisch, daneben das Zündkraut und das Pulverhorn. Damit der Kaiserwirt nicht auf dumme Gedanken kommt.

Kurz drauf schnarcht der Dangl Wigg, als wollte er den Wald zu Kleinholz zersägen. Wenig später tut es ihm der Sixtus nach. Auch die schwarze Gretl hat sich in ein Eck verzogen. Eigentlich schlaft sie auch, aber eigentlich schlaft sie auch wieder nicht. Mit einem halben Auge schaut sie zu, wie der Zipfisepp aufsteht, ans Fenster tritt, unruhig ein paar Schritte geht, sich zur Tür wendet und in der Dunkelheit verschwindet.

Was wird das, denkt sie und nickt ein.

Gleich darauf wird sie wach.

Vorsichtig steht sie auf und schleicht hinaus. Es ist stockdunkel. Aus einer Tür am Ende vom Gang kommt der flackernde Schein einer Kerze. Es rumpelt.

Ein unterdrückter Schrei.

Gretl nähert sich dem erleuchteten Zimmer.

Das Bett knarzt.

Mit Schaudern bemerkt sie den nackerten Hintern vom Zipfisepp, der sich wellig hebt und senkt. Resi, die drunterliegt, wehrt sich verzweifelt.

Das Bett jammert und bebt.

Noch bevor Gretl erfasst, was hier gerade vor sich geht, bricht die Bettstatt mit einem lauten Knall in sich zusammen. Der Zipfisepp kugelt auf die Seite. Die Magd rafft ihre Röcke zusammen, springt auf und rennt davon.

»Du Saubär!«, gellt die Gretl.

Sie wird zur Seite gestoßen. Der Kaiserwirt steht da, ein ellenlanges Messer in der Faust. Der Zipfisepp, den Arsch am Boden, die Hose auf den Fersen, hebt abwehrend die Hände.

»Ich bring dich um!«, schreit der Wirt.

Sixtus, die Pistole vorgestreckt, hält ihn auf. »Nix da. Den brauch ich noch.«

»Schleichts euch!«, brüllt der Kaiserwirt wie von Sinnen. »Oder ich hau euch zamm!«

*

In der Stube bei Doktor Ottlinger steht eine Flasche Wein auf dem Tisch. Der Stadtrichter und sein Freund genehmigen sich einen Schluck.

»Das tut gut«, sagt Fuchs: »Ich dank dir, Karl, dass du uns hilfst.«

»Das ist doch selbstverständlich«, meint Ottlinger, »dass man sich unter Freunden hilft. Du würdest doch das Gleiche für mich tun.«

Stumm nickt Kaspar Fuchs. Ja, das Gleiche würde er auch für Freund Ottlinger tun. Die Zeiten sind unruhig, da muss man zusammenhalten.

Eine Pause entsteht. Müde blicken die Männer in das trübe Licht der Lampe.

»Was meinst«, sagt Fuchs nachdenklich, »wie es nausgeht?«

»Mit den Franzosen?«

»Ja. Der Napoleon gibt keine Ruhe, bis er Russland einkassiert hat. Was ist das bloß für ein Mensch?«

Bekümmert nickt Ottlinger. »Ja, der Mensch. Er opfert seine Gesundheit, um Reichtum anzuhäufen. Hat er ihn endlich, opfert er ihn, um seine Gesundheit zurückzuerlangen. Er lebt, als ob er nie sterben tät. Und wenn alle Bemühung nix hilft und die Menschheit in Selbstzerstörung endet, dann wird ihnen der Himmel keine Träne nachweinen!«

»Trotzdem ...«, erwidert Kaspar, »trotzdem müssen wir das Beste draus machen, Karl.« Der Stadtrichter leert sein Glas und gähnt. »Ich bin müd. War ein langer Tag.«

Der Arzt streckt und dehnt sich.

»Noch was: Wie ich hör, wirst bald Großvater. Lass mich wissen, wenn ich helfen kann.«

»Dank dir. Gut Nacht, Karl.«

»Gut Nacht, Kaspar.«

*

Im anderen Zimmer ist noch keine Ruhe. Mitzi liegt neben Franziska im Bett.

»Jetzt hast alles gehört«, sagt Franziska.

»Das hab ich schon hinter mir.«

»Was hast hinter dir?«

»Das mit dem Kind«, schnauft Mitzi. »Hab es wegmachen lassen, draußen in Schwabing.«

»War's schlimm?«

Mitzi lässt sich Zeit mit der Antwort. »Schlimm ist der verkehrte Ausdruck«, sagt sie dann. »Schlimm war es nicht, aber weh hat's getan – tief drin im Herzen. Das geht nimmer weg.«

Eine Pause tritt ein. Die jungen Frauen hängen ihren Gedanken nach.

»Wenn ich es wegmachen lass …«, beginnt Franziska erneut.

»Dann erfahrst nie, ob's ein Bub oder ein Mädl war. Dann erfahrst nie, wird's gscheit oder bleibt's dumm. Heirat's reich oder bleibt's arm … so was bereust dein ganzes Leben lang.«

»Wenn ich's aber behalt, von was soll ich dann leben?«

»Dein Verlobter?«, sagt Mitzi, »was ist das für einer?«

»Ach, der Voitl … das ist eine lange Geschichte. Und auch wieder nicht. Ich erzähl sie dir ein andermal. Jetzt muss ich schlafen. Gut Nacht, Mitzi.«

Sie hört, wie die Freundin leise weint.

»Gut Nacht, Franziska, schlaf gut und träum was Schönes.«

*

Im Nachbarzimmer findet Katharina Fuchs keinen Schlaf. Sie wälzt sich von einer Seite auf die andere. Sie steht auf, geht zum Fenster, schaut hinaus in die weiße Nacht, legt sich wieder nieder, doch der Schlaf will sie nicht erlösen.

Ihre Gedanken verlieren sich in der Vergangenheit.

Die Mutter, Franziska Ablhahn, war eine einfache Frau gewesen.

Sie war bei Katharinas Geburt am Kindbettfieber gestorben. Kaum ein Jahr später war der Vater, Maximilian, bei einem Ausritt zu Pferd ums Leben gekommen.

Der Tod der Mutter? Der Unfall des Vaters? Zufall? Hatte die Mutter wie der Vater denn nicht ein Recht darauf gehabt, weiterzuleben? Warum hatten sie sterben müssen? War dies alles Katharinas Schuld, durch ihre Geburt verursacht?

Katharina erhebt sich vom Bett, im weißen Nachtgewand einem Geiste gleich. Wieder tritt sie ans Fenster, blickt zum

Himmel auf. Zwischen den düsteren Nachtwolken – sind sie dort, die lieben Eltern? Oder wandern sie über die Erde, Irrlichtern ähnlich, die keine Heimat, keine Ruhe und keinen Frieden finden?

Ein Blitz bricht durch die Wolken, es donnert vernehmlich – ein Wintergewitter.

Katharina sinkt auf die Knie. »Vor allen bösen Geistern«, fleht sie eindringlich, »und allen Druden und Hexen, die wo rumlaufen, verschone uns in Ewigkeit, oh Herr ... Amen!«

Was hat man nicht alles schon gehört ... die Haberngoaß lacht wie ein Schreckgespenst, wohnt im dunklen Heustock oder geistert bei Nacht im Haus ...

Und dass es im linken Eckhaus am Schergengassl immer wieder geklopft hat, weiß jeder in der Stadt. Am rechten Frauenturm soll manches mal ein gar absonderliches Krächzen und Hauchen und Geschnaufe sein.

Plötzlich schnellt Katharina herum. Aus dem Augenwinkel hat sie eine Bewegung gesehen.

Dort im finstern Eck? Was ist da?

Vielleicht ein Ratz ... oder die Haberngoaß?

Ihr Herz schlägt bis zum Hals. Sie faltet die Hände und beginnt zu beten, wie der verschollene Vaterunser-Händler Demlinger es ihr gelernt hat: »Wache du, Herr, mit denen, die weinen in dieser Nacht. Erbarme dich deiner Betrübten, die voller Angst sind, und sei mit uns um deiner unendlichen Liebe willen. Amen.«

Endlich sinkt Katharina Fuchs auf ihr Lager und fällt mit einem bangen Gedanken in fiebrigen Schlaf.

Was bringt die Zukunft?

35

Vierzig Tage nach Weihnachten findet am 2. Februar das Fest Mariä Lichtmess statt. Es bedeutet das Ende der Weihnachtszeit.

Die Gläubigen bringen ihre Kerzen in die Kirche, um sie dort weihen zu lassen. In den Gotteshäusern wird der gesamte Jahresbedarf an Kerzen gesegnet. Man glaubt, dass die geweihten Kerzen bei Unwettern vor Schäden durch Blitzeinschläge schützen.

An diesem besonderen Tag kriegen die Mägde und Knechte ihren Jahreslohn ausgezahlt. Zugleich endet das Arbeitsverhältnis mit dem Dienstherrn, um vielleicht auf einem anderen Bauernhof einzustehen.

Die Schlenklweil ist deshalb eine besondere Zeit. Sie dauert bis Agatha, dem 5. Februar.

Weil Knechte und Mägde jetzt ein Geld im Sack und ein paar Tage frei haben, geht es in den Wirtshäusern richtig auf.

Auch beim Ramlo spielt die Musi – der Baron Sulzbeck mit seiner Bande lässt eine Polka nach der andern hören. Der Tanzboden ist gerammelt voll.

Dazwischen gibt es Landler und auch einmal einen Zwiefachen. Den mögen die Tänzer nicht so gern, weil er schwierig zu tanzen ist.

Dem Sulzbeck sein Sänger und Violinspieler, von allen »Canapé« gerufen, gibt seine Gstanzl zum Besten:

»A solchana Bua,
der beim Tanzn net singt,
der kimmt ma grad vor,
wia a Sau, wo net stinkt!«

Das Bier fließt in Strömen. Die Kellnerin Sophie hat alle Hände voll zu tun.

Die eine verlangt Schlenklweil-Nudeln mit Zwetschgenmarmelad, den andern gelüstet es nach Blut- und Leberwürscht, und für den Dritten reicht's bloß zur Brotsuppe.

In der Kuchl dreht die Wirtin ihre Knödl wie verrückt. Draußen kommt der Wirt kaum nach mit dem Einschenken. Schier wollen ihm die Maßkrüge ausgehn.

Am frühen Nachmittag erscheint der berühmte italienische Tenor Giuseppe Durelli, der soeben von einem gefeierten Konzert aus Wien zurückgekehrt ist.

Durelli, ein schwerer, schwarzmähniger Mensch mit enormem Stimmvermögen, nimmt – unter den Augen der neugierigen Gäste – zunächst eine Vesper zu sich. Dann wuchtet er sich auf die Bühne hinauf.

Mehr oder weniger gut begleitet von Baron Sulzbeck und seiner Bagasch, beginnt er nun mit dramatisch ausgebreiteten Armen die Arie des Florestan aus der Oper »Fidelio« des Komponisten Ludwig van Beethoven zu intonieren: »Gott! Welch Dunkel hier! O grauenvolle Stille!«

Das ist einem gestandenen Ökonomen aus dem Erdinger Holzland einfach zu viel. An so einem fidelen Tag, wo die Sonne vom Himmel scheint, wo die Leut feiern und wenigstens für ein paar Stunden die Sorgen des Alltags vergessen wollen …

»Ja, da soll doch gleich alles der Teufel holn!«, rumpelt er auf und drischt seinen Hut auf den Tisch, dass der Radi hupft. »Ich hau dich durch Sonn und Mond, dass dir d'

Fixstern im Arsch stecken bleibn, du Saurüssl, du hinterkünftiger!«

Giuseppe Durelli, berühmter Tenor, zu Haus in den Opernhäusern der Welt, gefeiert von Fürsten und Königen, frisch angereist aus Wien, bricht entgeistert ab.

Der Balsam-Bene, der neben dem Sepperl hockt, überbrückt die peinliche Situation, indem er dem schwitzenden Mann galant ein braunes Glasl mit seinem Wunderbalsam – gegen Mondsucht, Geldbeutelschwindsucht, Heimweh und Faulheit – auf die Bühne reicht.

Die Leute schreien dem Erdinger zu: »Selber singen! Selber singen!«

Das lässt sich der Bauer nicht zweimal sagen.

»Bauernmadl runds,
Bauernmadl gsunds,
Bauernmadl schenkelstramm,
haut die ganze Welt glei zamm!«

Durelli aber, in seiner musischen Seele inniglich verletzt, wirft die schwarze Haarpracht trotzig zurück und schreitet davon, das Antlitz abgewandt von der schnöden Menge, die es nicht wert ist, seiner hohen Kunst zu lauschen.

Jetzt ist der Sulzbeck dran. Mit dem Fuß drischt er den Takt in die Holzbretter. Dabei baumelt seine rote, mit Warzen besetzte Nase hin und her. Mit Trompeten, Pfeifen und dem unvermeidlichen Bombardon spielen sie eine rassige Polka.

Es ist ein Höllenlärm – das gefällt der Menge; der Tenor Durelli ist vergessen.

Am späten Nachmittag liegen die ersten Burschen betrunken auf der Gasse und werden von der Gendarmerie eingesammelt.

*

Im Hause Ottlinger hat man soeben das Frühstück beendet. Gespannt erwarten sie die Rückkunft vom Bartl, dem Dienstboten. Den hat der Arzt bereits in aller Herrgottsfrüh zur Wohnung der Familie Fuchs geschickt. Er soll die Lage beim Thürlbaderhaus unauffällig auskundschaften.

Was der Bartl wenig später berichtet, klingt beruhigend.

»Hab nix gsehn und nix ghört.«

»Sind bsondere Leut da?«, fragt Ottlinger.

»Bloß die, die wo immer da sind.«

»Die Fenster«, sagt Fuchs, »sind die Fenster auf oder zu?«

»Zu.«

»Die Haustür?«

»Zu.«

»Und sonst?«

»Nix.«

Besonders gesprächig ist er nicht, der Bartl. Aber das macht wenig. Für Ottlinger und die Familie Fuchs ist klar, dass alles Gerede von Entführung und Geiselnahme purer Unsinn gewesen ist.

»Wir gehen zurück«, sagt der Stadtrichter. Er reicht dem Doktor die Hand. »Ich dank dir nochmals, Karl, dass du uns geholfen hast.«

*

Das war eine schöne Überraschung, wie der Sepperl in der Nacht heimgekommen ist und die Centa bei der Nanni in der Stube hockt. Was sie sich eingebildet hat dabei, wollte er wissen, aber sie hat bloß geschaut und gesagt, dass sie nicht gewusst hat, wohin sie gehn soll.

»Und da ist dir nix Besseres nicht eingefallen«, hat er geschimpft, »als wie dass du zu uns naufsteigst – wo wir kaum genug Platz zum Schlafen haben.«

»Ich kann mich ja zu dir hinlegen«, hat die Centa frech geantwortet und dabei zur Nanni hingelinst. Darauf hat die Nanni den Besen gepackt und so lang auf die Centa eingedroschen, bis sie die Flucht ergriffen hat. Richtig stolz war der Sepperl auf sie.

Die Nanni hingegen plagt nun das schlechte Gewissen.

»Ob sie sich was angetan hat?«, meint sie.

»Die Centa?«, sagt er. »Die tut eher wem andern was an, als wie sich selber.«

»Woher weißt denn das so genau?«

Er zuckt mit den Schultern. »Ein Mann spürt so was.«

»Woher?«

»Was – woher?«

Die Nanni rückt sich zurecht. »Woher kennst du die Centa Grindler so gut? Das tät mich jetzt schon amal interessieren.«

»Ich – die Centa?«

»Immer weichst aus!«

»Ich und ausweichen? Wie kommst denn auf so was?«

Jetzt schnieft sie, die Nanni. Es ist ihre leichteste Waffe, das Florett. Sie hat noch ganz andere in petto. Fürs Erste genügt das.

»Das ist so typisch für euch Männer. Ich stell dir eine Frage, und du antwortest mit einer Gegenfrage. Das ist doch keine Art.«

»Ich versteh dich net«, sagt er matt, weil er sie wirklich nicht versteht. Kein Mensch versteht sie, die Frauen.

»Willst mich nicht verstehn?«

»Ich tät dich ja gern verstehn …«

»Dann streng dich halt ein bisserl an.«

»Morgen früh geh ich naus zum Pfandl in die Au, zum Nachschaun«, sagt er nach einer Weile, weil der Spaß ein Loch hat.

»Aber zuvor schaust beim Fuchs vorbei – bitte.«
»Im Thürlbaderhaus?«
»Ja. Ich will wissen, was mit der Centa ist.«
Der Sepperl ist schon an der Tür. »Gute Idee.«
»Gell!«, sagt die Nanni. Sie hat ihn im Griff, ihren Finessensepperl. So viel steht fest!

*

Sie sind umgekehrt, noch in der Nacht, der Sixtus und seine Bande, weil sich der Hansbauer nicht mehr hat blicken lassen und sie fast erfroren wären, auf dem Kaiserwirt seiner Wiese am Lenzenfleck.

Wie die Rohrspatzen haben sie geflucht. Dass den notigen Bauern aus Giesing der Teufel holen soll, und dass der Blitz ihn beim Sch...tinken treffen soll. Noch ganz andere Sachen haben sie ihm gewünscht. Sogar die schwarze Gretl ist rot geworden. Aber das hat keiner gespannt.

So sind sie in der Früh todmüd in Lenggries angekommen. Geschwind haben sie die Rösser versteckt und sind mitsamt der Ausrüstung wieder hinauf in den Wald, damit der Bernecker nichts merkt.

36

Es mag später Vormittag sein, wie der Sepperl an diesem Montag die Auer Lohe erreicht. Im Hof hobelt Schreinermeister Pfandl gerade ein Brett zurecht. Der Sepperl schaut ihm eine Zeit lang zu. Der Pfandl wird unruhig.

»Was willst?«

»Nachschaun muss ich«, sagt der Sepperl, »ob das Dach wieder hergerichtet ist, wie es der Stadtrichter verlangt hat.«

Der Pfandl schnauft unwillig. »Hör mir bloß auf.«

»Warum denn?«

»Warum? Das Dach hab ich repariert – allein, versteht sich. Die Bettstatt vom Koller ist fertig und aufgestellt. Fehlt nur noch der Schrank vom Stengle im zweiten Stock.«

»Na also«, sagt der Sepperl zufrieden.

»Von wegen. Der Stengle ist nicht da und die Theres lasst mich nicht in die Wohnung, weil sie allein ist. Derweil ist die gar net so alleinigs.«

»So?«

»Ja. Seit der Stengle fort ist, wohnt ein Franzos bei ihr.«

»Ein Franzos?«, wundert sich der Sepperl.

»Ja, ein junger Kerl aus dem Elsass, der wo nimmer zurück mag zum Napoleon. Hat ihm den Dienst aufgekündigt.«

Der Sepperl kraust die Stirn. »Den Dienst aufgekündigt? Geht das so einfach?«

»Was weiß ich. Desertieren will er halt. Drum versteckt er sich bei der Theres, und ich kann den Schrank, der mir im Weg umgeht, net aufbauen.«

Der Sepperl bedenkt die Lage. »Ich schau amal nach«, sagt er dann und steigt die Treppe hinauf.

Sie öffnet ihm unverzüglich, als hätte sie jemanden erwartet.

»Raymonde?«, lächelt sie.

Therese Stroh ist eine hübsche Frau von siebenundzwanzig Jahren, rundlich und von ansehnlicher Gestalt. Sie trägt ein einfaches Arbeitskleid und ist wohl gerade dabei, den Boden mit einem Wischlappen zu reinigen. Im Hintergrund steht ein Kübel mit Wasser.

»Ich bin der Sepperl«, sagt er und deutet eine Verbeugung an. »Darf ich …?«

»Nein!«, sagt Therese und will die Tür schließen, doch der Sepperl stellt seinen Fuß dazwischen. »Warum denn nicht?«

»Ich bin allein und lass keinen Mann nicht herein.«

Der Sepperl linst über ihre Schulter. Hinter einem Vorhang erkennt er ein Bett, daneben eine Anrichte. »Und wer ist der Raimund?«

»Der Raymonde?«, stottert sie. »Der Raymonde …«

»Es ist nämlich so: Der Pfandl hat einen Schrank gemacht. Den will er jetzt bei dir aufstellen. Aber wenn du ihn nicht in die Wohnung lasst, geht das nicht. Verstehst?«

»Nein«, nickt sie, »ja, das versteh ich.«

»Gut«, sagt der Sepperl. »Ich sag dem Pfandl, dass er den Schrank bringen und aufbauen kann, weil ich bei dir bleib, bis er fertig ist.«

»Aber …«

»Jedenfalls bist dann nicht allein.« Der Sepperl springt die Stiege hinunter, um dem Schreiner Bescheid zu geben. Auf dem Weg will ein blasser Bursch an ihm vorbei. Er trägt Zivilkleidung, aber es ist leicht zu erkennen, dass er Soldat ist.

»Servus, Raimund«, lässt sich der Sepperl vernehmen. »Wart, ich geh mit. Dann können wir alles bereden.«

*

Auch der Bücherschätzer Janoschak hat Besuch im Eisenbrechergassl. Bei ihm sind Franziska Fuchs und ihre Freundin Mitzi.

Janoschak hat einen Packen Blätter vor sich auf dem Tisch liegen. Stumm überfliegt er die ersten Seiten. Dann blickt er auf.

»Das ist also deine Geschichte?«, sagt er zu Mitzi gewandt.

Mitzi verschluckt sich vor Aufregung.

»Ja, Meister Janoschak«, antwortet Franziska für die Freundin, »das ist ihre Geschichte. Ich hab schon fünfundzwanzig Seiten beisammen.«

Janoschak legt die Blätter zur Seite. »Und die soll ich jetzt gleich lesen?«

»Wenn's geht …«

»Nein, so einfach geht's nicht, Franziska. Dazu brauch ich Zeit und Ruhe, das verstehst doch?«

»Ja … schon …«, sagt Franziska enttäuscht. Sie hat auf diesen Tag hingefiebert wie auf sonst noch was, hat geschrieben und geschrieben, bis in die späte Nacht hinein, hat sich die Zeit abgezwickt von der täglichen Hausarbeit bei der Mutter – und jetzt soll sie warten?

Janoschak sieht ihre Ungeduld. »Mitzi, hast du schon was gelesen?«

Mitzi schüttelt den Kopf, blickt zu Boden. »Kann nicht gut lesen, Meister Janoschak«, sagt sie.

Der Archivar steht auf, geht ein paar Schritte und hockt sich wieder hin. »Franziska, dann erzähl mir doch, sozusagen als Zusammenfassung, wie weit du bist und wie es weitergeht.«

»Kennengelernt haben wir uns, die Mitzi und ich, an der Isar.«

»Beim Baden?«

»Nein, wir wollten uns grad umbringen.«

»Das ist doch amal ein gelungener Anfang für einen Roman«, schmunzelt der alte Archivar.

37

Droben im Hochwald hocken sie vor der kargen Unterkunft. Eine fensterlose, geräumige Hütte aus Bohlen, gedeckt mit Rindenstücken. Die Eingangstür kann von innen verriegelt werden. Im Inneren ein wackliger Tisch mit einem verwetzten Sitzschragen, die Strohlager für die Männer, von einem Bretterrahmen zusammengehalten. Daneben die Gewandtruhe. Ein Holzofen, dessen Rohr ins Freie ragt. An den Wänden die Halter für die Kienspäne als Lichtquelle. Unter seinem Lager hat Sixtus ein Geheimfach eingebaut, in dem er allerlei Papiere aufbewahrt. Geschirr wie Muspfanne, Holzlöffel oder Trinkbecher liegen auf der Gewandtruhe. Im Anbau neben der Hütte lagert das Brennholz.

Es ist, alles in allem, eine jämmerliche, menschenunwürdige Behausung.

Eiskalt pfeift der Wind vom Berg herunter. Langsam dunkelt es; Nebel zieht auf.

Die schwarze Gretl hat die Abendsuppe und einen Laib Brot heraufgebracht.

Das Feuer mag nicht brennen. Und die dünne Suppe, die sie nun schlürfen, schmeckt auch nicht so recht.

»Das ist eine ganz und gar hinterfotzige Angelegenheit«, sagt der Sixtus nach einer Weile. Die anderen nicken.

»Die Sach war für Sonntag ausgmacht. Heut ist schon wieder Samstag. Warum sich der Hansbauer überhaupts nicht meldet, das möchte ich gern wissen«, kommt's unwirsch vom Dangl.

Aus der Rocktasche zieht die Gretl ein Flascherl und lässt den Schnaps kreisen. Gleich wird die Stimmung besser.

»Ich sag euch was«, sagt der Sixtus und schleckt den Suppenlöffel ab, »wir gehen allein nach München. Noch heut Nacht.«

»Für was?«, will der Zipfisepp wissen.

»Für was, für was? Wir kassieren den Stadtrichter und nehmen ihn mit. Bei uns findet ihn keiner. Wir warten eine Zeit, und nachher verlangen wir ein Lösegeld für seine Freilassung.«

Die Männer bedenken die Angelegenheit.

»Und wenn keiner nix zahlt?«, wendet Gretl ein.

»Dann stech ich ihn ab«, grinst der Zipfisepp.

»Nein«, sagt Sixtus, »wir sind keine Mordbrenner. Wir lassen ihn laufen. Im Schnee kommt der nicht weit. Ich sag's euch, der erfriert. Oder er verhungert. Dann kann uns keiner was anhängen.«

Wieder tritt Ruhe ein.

Morgen ist der arbeitsfreie Sonntag. Ihre Abwesenheit fällt nicht auf. Die Rösser müssen ebenfalls fort. Es ist kaum mehr Futter da. Auch die Pistolen wollen sie nicht. Findet man sie, lässt sie der Bernecker am nächsten Baum aufhängen. Da kennt der nix!

»An was für ein Lösegeld hast denn denkt?«, fragt der Dangl.

»Fuchzig Gulden«, meint Sixtus.

Der Zipfisepp nickt bedächtig. »Fuchzig Gulden? Für jeden von uns? Das wären … das sind …«

»Hundertfünfzig«, hilft Sixtus nach.

»Und ich?«, fragt die schwarze Gretl. »Krieg ich nix?«

»Dann halt zweihundert.«

»Ja«, sagt der Zipfisepp und steht auf.

»Es gibt bloß ein Problem«, sagt der Sixtus. »Meine Mutter. Die müssen wir raushalten.«

Die schwarze Gretl hat das leere Schnapsflascherl wieder in der Rocktasche verstaut. »Ich reit voraus«, sagt sie, »und gib deiner Mutter Bescheid. Sie soll sich verstecken. Irgendwo, wo sie keiner findet.«

Sixtus nickt. »Dann los!«

Die Gretl rennt davon. Die Männer bleiben sitzen. Es pressiert nix. Bis die Gretl bei Centa Grindler eintrifft, vergehen ein paar Stunden. Man hat ausreichend Zeit.

Während der Dangl die Muspfanne am nahen Bachlauf reinigt, nimmt Sixtus seine Pistole zur Hand und prüft sie auf Funktionsfähigkeit. Die Waffen vom Wigg und vom Zipfisepp sind nass geworden. Die beiden Dummköpfe haben ihre Pistolen im Schnee vergessen.

Der Wigg hat einen Morgenstern zusammengebaut.

Der Zipfisepp ist mit einem schweren Sappie von gutding drei Ellen Länge ausgerüstet. Das Werkzeug zum Ziehen der Baumstämme im Wald hat er extra scharf geschliffen. Damit, so sagt er laut und deutlich, wird er dem verhassten Stadtkommandanten Moreau den Schädel auseinanderhauen.

Ganz wohl ist es dem Sixtus nicht bei der Sach, aber er lässt sich nichts anmerken. Schließlich steht er bei seinen Männern mit zweihundert Gulden im Wort.

Dass es eine entscheidende Verzögerung geben wird, ahnt er in diesem Augenblick nicht.

*

Der Sepperl schaut seiner Nanni zu, wie sie die Roggenen Nudeln zum Abendbrot herrichtet. In der Stube, drei Stiegen überm Kamin am Petersplatz, haben es die zwei recht kommod. Im Ofen brennt Feuer, der Kienspan im eisernen

Halter spendet Licht und auf dem Tisch wartet eine Kanne mit klarem Wasser. Die Heilig-Geist-Kugel, in dessen Innerem sich bemalte Heiliggeisttauben zeigen, hängt von der niedrigen Decke herab.

Gerade stellt die Nanni die Nudeln auf den Tisch, da klopft es.

Der Sepperl springt auf, den Löffel griffbereit in der Hand. Wie die Tür aufgeht, steht die Babette vor ihnen. Sie hat einen dicken Schal um die Backe gebunden und ächzt vor Schmerz.

»Was hast denn?«, sagt Nanni. Sie ahnt, was die Frau drückt.

Die Babette ist das Eheweib des fahrenden Sägfeilers Rabl aus der Au, der immer unterwegs und nie daheim ist. Sie hat kein Geld für den Bader. Deswegen geht sie zur Nanni.

»Zahnweh … grad sterbn könnt ich …«, keucht sie und sinkt auf den Stuhl. Nanni nimmt ihr den Schal ab und beäugt den Schaden.

»Ja mei«, sagt sie, »ich mach dir nach dem Essen einen Umschlag mit Wirsching. Kannst so lang warten?«

Verzweifelt schüttelt sich die Babette.

»Net wartn … weh!«

Während der Sepperl den Tisch freiräumt, holt Nanni den Wirsing aus dem Speiskasten. Zunächst schneidet sie die Rippen der Krautblätter so flach wie möglich, um sie anschließend mitsamt den Blättern mit dem Nudelholz zu walken. Alles zusammen bettet sie in ein altes Schultertuch.

Babette hat sich inzwischen auf das Kanapee an der Wand gelegt. Der Wind zieht zwischen den Ritzen durch, aber unter der dicken Wolldecke lässt es sich aushalten.

Nachdem das Wirsingtuch um Babettes schmerzendes Gesicht gewickelt ist, fällt die alte Frau in einen unruhigen Schlummer. Der Schmerz ist für eine Weile besiegt.

Immer wieder bewundert der Sepperl seine Nanni für ihr Geschick. Löwenzahn für die Galle. Tee mit Goldrutenkraut zur Blutreinigung. Silberweide gegen die leidige Podagra. Selbst für Hühneraugen kennt sie ein Mittel: ein halbiertes Weinbeerl obendrauf binden, nach einem Tag entfernen.

Gegen Impotenz gibt es zerriebene Tierhoden oder Stinkmorcheln, die angeblich dem Phallus impudicus ähneln … dem schamlosen Phallus.

Sachen gibt's!

Die Roggenen Nudeln munden vorzüglich. Immer wieder schaut Nanni nach der Babette auf dem Kanapee. Sie traut dem Frieden nicht, doch auch hier gibt es Hilfe.

Im Schrank hat sie die Grüne Fee versteckt, was nix andres ist als wie der Absinth, ein Getränk mit umwerfender Wirkung. Der Sepperl hat es neulich von einem Apotheker für treue Dienste geschenkt bekommen.

Wenn die Babette es nicht mehr aushält, muss sie einen Becher trinken. Oder zwei. Der Alkohol wird sie hoffentlich so weit betäuben, dass sie beim Ziehen keine Schmerzen verspürt.

Ein anderes Thema ist das Aufhalten des Blutflusses nach der Entfernung des Zahns. Normalerweise versiegt das Blut durch Verwendung eines heißen Brenneisens. Leider ist dabei schon mancher Patient bewusstlos geworden.

Wenig später ist es so weit. Mit einem Schrei ruckt Babette in die Höhe und reißt das Wirsingtuch vom Schädel.

»Ich halt's nimma aus!«, gellt sie.

Nanni packt sie am Arm und führt sie zum Tisch. »Hock dich her und trink!«, befiehlt sie.

Babette hebt abwehrend die Hände. »Was ist das?«

»Trinken!« Nanni will keine Diskussion. Der Zahn muss raus.

Babette hält sich die Nase zu, kippt die Grüne Fee hinunter und wird von einem Hustenanfall geschüttelt.

Das Zeichen für den Sepperl. Er zwingt Babettes Arme nach hinten und fesselt sie notdürftig mit dem Wirsingtuch. Mit beiden Händen umfasst er den Schädel wie ein Schraubstock – Babette kann nicht mehr aus.

Nanni zückt die Zange. Hockt sich auf den Schoß der wimmernden Frau. Öffnet mit der linken deren Mund. Die Zange verrichtet ihr Werk; der schlimme Zahn kullert auf den Boden.

Sofort muss der Blutfluss gestillt werden. Nanni presst einen sauberen Lumpen auf die blutende Wunde.

»Beißen!«, schreit sie. »Beiß zu, Babette!«

Weil die Frau halb bewusstlos auf dem Stuhl hängt, wiederholt Nanni ihre Worte: »Zubeißen, Babette ... beiß zu, du alte Rutschn!«

Grad noch kann sie den Finger wegziehen, dann ist es ausgestanden.

Gemeinsam tragen sie Babette auf das Kanapee, wo sie sich von dem Rausch erholen kann. Während Nanni die Folterwerkzeuge wegräumt, deckt sie der Sepperl zu.

Sie hocken wieder am Tisch, im Becher einen Schluck von der Grünen Fee – den haben sie sich verdient.

Auf der Gasse stimmt der Nachtwächter seinen Gesang an. Vom Petersturm geht der Glockenschlag für die Mitternacht.

»Ich bin müd ...«, sagt die Nanni und gähnt.

Der Sepperl nickt. »Ich pass auf. Schlaf gut, Nanni.«

*

Unbeachtet reitet die Schwarze Gretl durch das Angertor. Die Wache schläft. Sie wendet sich dem Schrannenplatz zu. Wenig später erreicht sie das Thürlbaderhaus.

Sixtus hat ihr genau erklärt, hinter welchem Fenster die Kammer seiner Mutter liegt. Die Gretl wirft einen Stein. Einmal, zweimal … Endlich öffnet sich das Fenster. Centa, mit der Schlafhaube auf dem Kopf, linst heraus.

»Was ist?«

»Komm vom Sixtus. Fort musst!«

»Warum denn?«

»Fort musst – auf der Stell!«

»Aber ich kann doch nicht mitten bei der Nacht davon!«

Die Gretl schnauft schwer. Langsam und deutlich sagt sie: »Wennst nicht gleich verschwindest … dann … dann bist morgen tot!«

Centa Grindler ahnt etwas, will es jedoch nicht wahrhaben. »Der Stadtrichter – die Frau – die Franziska – die Mitzi – was is mit denen?«

»Versteck dich!«, schreit die Gretl zornig.

Ihre Aufgabe ist erledigt. Sie muss schleunigst zurück zum vereinbarten Treffpunkt. Im Hinterkopf knistert das Lösegeld.

*

Der Sepperl ist eingenickt, wird aber wach, weil es vom Petersturm viermal schlägt. Sein Blick fällt auf Babette, die laut schnarcht.

An der Tür rumpelt es. Wer kann das noch sein?

Vorsichtig riegelt der Sepperl auf. Draußen steht Franziska Fuchs und hält sich den Leib.

»Die Nanni«, keucht sie, »die Nanni muss mir helfen.«

»Was fehlt?«

»Mir ist so schlecht!«

Schnell ist Nanni geweckt.

»Hock dich nieder«, sagt sie zu Franziska. »Ich mach dir einen Tee mit Koriander und Melisse. Das hilft.«

»Vergelts Gott«, haucht Franziska. Gleich geht es ihr besser. In den Augen der jungen Frau ist die Rote Nanni Heilerin, Baderin und Seelentrösterin in einer Person.

Wie der Tee fertig ist, bläst Franziska über den heißen Becher und nimmt vorsichtig den ersten Schluck. »Gelts Gott«, wiederholt sie dankbar.

Im Eck wird es unruhig. Babette ist wach und linst herüber. »Dank dir, Nanni«, sagt sie schamhaft. »Ich kann dir halt nix zahlen.« Damit rafft sie sich auf und geht, mit einem knappen Gruß, zur Tür hinaus.

Franziska hat den Becher geleert. »Darf ich dableiben?«, sagt sie mit einem Blick zum Kanapee.

Die Nanni bejaht mit ruhiger Stimme: »Leg dich nur hin. Wir müssen auch schlafen, der Tag ist nicht mehr weit.«

*

Im Morgengrauen rumpelt es abermals drei Stiegen überm Kamin. Der Sepperl linst durch den Türspalt. Draußen steht Centa Grindler.

38

An diesem Sonntagmorgen sitzen Kaspar und Katharina Fuchs am Frühstückstisch. Er studiert das Wochenblatt.

»Den Trischberger haben sie aufgehängt«, sagt er.

»Wen?«, meint Katharina, die sich wundert, wo Centa mit dem Frühstück bleibt.

»Den Hauptmann Ludwig Georg Trischberger von der bayerischen Fußartillerie. Soll einen Aufruhr gegen den Stadtkommandanten Moreau geplant haben.«

Katharina nickt. »Geschieht ihm ganz recht – wo nur die Centa mit dem Frühstück bleibt?«

»Verschlafen ...«, sagt er abwesend. Weiter studiert er den Bericht über die Umstürzler.

Die Tür geht auf, Franziska, Centa und der Sepperl treten ein. Mit verweinten Augen verschwindet Centa in der Kuchl. Also übernimmt der Sepperl das Reden, während Franziska stumm dasitzt und sich den Leib hält.

Der Stadtrichter hat Gabel und Messer weggelegt. »Da hört sich doch alles auf!«, wettert er Centa hinterher, »bei Nacht und Nebel abhaun!«

Franziska wirft einen bittenden Blick zum Sepperl.

»Deine Tochter, Herr Rat, ist bei uns gewesen, genauer bei der Nanni.«

»Warum denn, Herrgott noch mal?«

»So viel Bauchweh«, sagt Franziska müde. Sie hat kaum geschlafen.

Katharina geht zur Tochter, legt ihr die Hand auf die

Schulter. »Aber Kind, warum kommst denn nicht zu mir, deiner Mutter? Gehst lieber zu einer Fremden?«

»Weil …«, stottert Franziska, »weil die Nanni halt …«

Der Sepperl mischt sich ein: »Die Nanni hat ihr einen Tee gemacht. Die kennt sich aus mit solche Sachen. Das hat der Franziska geholfen.«

»Ja«, nickt Franziska, »gleich ist's besser worden.«

Kaspar Fuchs hat stumm zugehört. Aber jetzt reicht es.

»Centa!«, schreit er. »Her da!«

Centa, das schlechte Gewissen in Person, watschelt herein. »Ja, Herr?«

»Warum unser Kind fort ist, das wissen wir jetzt. Aber warum bist du fort, Centa? Ich will eine ehrliche Antwort!«

Centa windet sich.

»Hast einen Liebhaber?«, setzt der Stadtrichter nach. Hilflos schüttelt Centa den Kopf. »Nein, Herr, das nicht.«

»Aber?«

»Aber ich … Es war wer da … fort soll ich …«

Fuchs ist aufgesprungen. »Wer war da?«

»Wenn ich mich nicht versteck … dann bin ich morgen früh … also heut früh … Herr … dann bin ich tot.« Centa bricht ab. In Tränen aufgelöst eilt sie zurück in ihr Reich.

»Tot?«, haucht Katharina entsetzt.

*

Auf dem Ross, mit Schaum vor dem Mund, so ist es gehetzt worden, erreicht die schwarze Gretl den neuen Treffpunkt am Galgenberg hinter Keferloh. Sie steigt ab, schaut herum – keine Menschenseele weit und breit. Die Welt liegt in tiefem Frieden.

Ist denn was passiert?

Was ist denn passiert?

Am Bach befüllt sie den leeren Lederschlauch mit Wasser. Dann sprengt sie davon, Richtung Lenggries, ein flaues Gefühl im Bauch.

*

Ohne viel Appetit löffelt Sixtus am dünnen Musl herum. Er hockt vor der Hütte, das warme Fell um die Schultern, und starrt in den dichten Nebel, der vom Tal heraufzieht. Die anderen schlafen noch. Heute ist Sonntag, der einzige freie Tag für die Holzhauer.

Ein Geräusch.

Wer kann das sein, so früh?

Der Bernecker, der nachschauen kommt, ob seine Männer da sind? Wo sollen wir denn sonst sein, denkt Sixtus bitter. Wir haben nie eine Möglichkeit gehabt. Wir haben nicht gelernt, wie man sich gegen die Obrigkeit zur Wehr setzt, wie man denen zeigt, dass man nicht alles mit sich machen lässt.

Sixtus langt nach dem Messer neben ihm. Stünde der Bernecker in diesem Moment vor ihm, er würde aufspringen und dem anderen das Messer hineinrennen – einmal, zweimal, dreimal.

Einmal für den Hungerlohn. Zweimal für die mindere Verpflegung. Und dreimal für die gestohlene Zukunft.

Doch da ist niemand.

Jetzt steckt der Dangl Wigg den Kopf aus der Tür. Er hat den Musl-Schapfer in der einen und den Holzlöffel in der anderen Hand. Er setzt sich zu Sixtus, brummt den Morgengruß.

Sixtus verstaut seinen Löffel in der Joppe; er ist fertig.

Wieder ein Geräusch.

Der Dangl stellt den Schapfer weg.

Sixtus ist aufgestanden, das Messer fest in der Hand. Aus dem Nebel schält sich langsam eine Gestalt. Es ist nicht sofort erkennbar, um wen es sich handelt.

Schaut gar der Abräumer vorbei … der Gevatter Tod?

Den Dangl schüttelt es vor Grauen.

*

»So ist das also«, sagt der Stadtrichter einigermaßen überrascht. »Du hast Besuch bekommen, mitten in der Nacht. Stimmt es so weit?«

Centa, die er mit einem harschen Befehl wieder in die Stube gescheucht hat, nickt stumm.

»Und wer das war, hast nicht gesehn?«

Die Köchin schüttelt den Kopf. »War stockfinster, Herr.«

»Soso«, überlegt er. »Stockfinster. Was ist dann passiert? Ich will alles wissen. Alles, verstehst?«

Ergeben nickt Centa. Sie muss reden. Jetzt gleich. Es hilft ja alles nix. »Da war eine«, beginnt sie stockend. »Ein Weib auf einem Ross. Die hat einen Stein an mein Fenster geworfen. Dann hab ich aufgemacht. Dann hat sie gesagt, ich muss gleich fort. Gleich verstecken. Sonst bin ich morgen früh … heut Morgen … tot. Das hat sie gesagt.«

»Und dann?«

»Dann ist sie fort.«

»Ist das alles?«, sagt der Stadtrichter.

»Ja, Herr. Das ist alles.«

Nachdenklich geht er zum Wandkastl, nimmt eine Flasche samt Gläsern heraus und schenkt ein. Ein Glasl bekommt Katharina, eines nimmt er. Das dritte schiebt er Centa hin.

»Hock dich her und trink«, sagt er, nun etwas milder gestimmt. Mit Härte kommt man da nicht weiter.

Sie trinken, Centa hustet, sie verträgt den rassen Wacholderschnaps nicht.

»Und jetzt sag mir«, meint Fuchs, »von wem ist das Weib kommen?«

Centa schweigt.

»Red!«

Centa weint; die Tränen rinnen wie Sturzbäche über ihr steinaltes Gesicht. »Ich …«, beginnt sie, »… der Sixtus …«

Jetzt ist es heraus. Der Bub steckt hinter all dem. Weiß der Himmel, was er treibt. Weiß der Teufel, mit welchen Lumpen und Bauernfängern er herumzieht. Mag der liebe Gott ihn beschützen!

»Weiter!«

»Ja, Herr.«

Aus der Tasche kramt sie einen zerknitterten Zettel und reicht ihn Fuchs. Der liest und wird leichenblass.

»Lichtweih … Stadtrichter als Geisel … den Moreau aufhängen … früh um fünf Uhr – aber Lichtweih ist doch vorbei! Ich versteh das nicht.«

Schwer lastet sein Blick auf Centa.

»Kannst du mir das erklären?«

Die Köchin hat sich die Flasche geschnappt, setzt sie an den Mund und hört erst auf, als sie fast geleert ist. Ein fürchterlicher Rülpser beleidigt den Raum.

»Nein, Herr, nicht.«

»Aber warum dann jetzt und heut Nacht?«, sagt Franziska.

»Weil …«, sinniert Fuchs, »vielleicht verschoben …

39

Was da keuchend aus dem Nebel auftaucht, ist nicht der große Abräumer, sondern der jetzt ziemlich kleinlaute Hansbauer. Diese Art von Anstrengung ist er nicht gewohnt, noch dazu in aller Herrgottsfrühe. Er schwitzt aus allen Poren. Viel zu spät erkennt er, wie wütend die Männer mit den Messern sind, die vor ihm stehen.

Aber er will nicht mehr zurück. Er will es hinter sich bringen.

Was kann er dafür, dass die Landes-Defension verraten und der Trischberger, dieser Feigling, darum aufgeknüpft worden ist?

Und schließlich: Keiner hat wissen können, was der Stadtkommandant für ein Sauhund ist. Dass der Moreau zwei Kameraden am Schrannenplatz hat aufhängen lassen. Und dass die königlich bayerische Militärmusik dazu die Marseillaise, die französische Nationalhymne, hat aufspielen müssen.

Wer hat denn das wissen können? Er, der brave Hansbauer aus Giesing, gewiss nicht! Er hat sich das alles ganz anders vorgestellt.

»Hab's mir anders denkt …«, keucht er nun.

»Was ist passiert?«, sagt Sixtus ungeduldig.

»Der erste Kamerad ist unter der Folter gestorben. Der zweite Kamerad hat alles gesagt. Und trotzdem hat ihn der Moreau mitsamt dem Trischberger aufhängen lassen.«

Der Zipfisepp packt ihn an den Schultern und schüttelt ihn. »Du lügst doch!«

»Nein, ich lüg nicht – es ist wahr. Die kommen und holen euch.«

»*Wer* kommt und holt uns?«, fragt der Dangl, dem langsam dämmert, in welcher Gefahr sie schweben. Am liebsten möchte er auf der Stelle fort, hinüber nach Kreuth und weiter ins Tirol. Aber das darf nicht sein. Er kann die Kameraden nicht im Stich lassen.

»Der Moreau hat einen Trupp Freiwillige zusammengestellt.«

»Fußsoldaten?«

»Nein, die sind zu langsam. Berittene Männer. Darunter mindestens fünf Deserteure auf Bewährungseinsatz. Sind besonders schlimme Kerle dabei. Hab gesehn, wie sich gesammelt haben.«

»Wie schnell sind sie da?«, sagt der Dangl.

»Zwei … drei Stunden«, entfährt es dem Hansbauern. Er hat keine Ahnung, wie geschwind der Trupp sein wird. Er will aber auch nix Verkehrtes behaupten.

Der Zipfisepp zeigt mit der Messerspitze auf den Giesinger. »Der gehört dazu! Haben ihn umgedreht … ist ein Spitzel. Soll uns auskundschaften!«

»Bist ein Spion?«, sagt der Dangl.

Entsetzt verneint der Hansbauer. Was denken sie von ihm? Der Schrecken steht ihm ins Gesicht geschrieben. Fort muss er, schnell, nur fort!

Kopflos stürmt er los. Der Zipfisepp will ihm nach. Doch Sixtus legt ihm die Hand auf den Arm. »Lass ihn laufen. Er rennt in die Eng. Da ist das Tal aus. Die Felswand geht zehn Klafter in den Himmel nauf …«

Der Zipfisepp reißt sich los. Er muss den Kerl erwischen, unbedingt.

Jetzt sind alle drei unterwegs: Sixtus, Zipfisepp, und, in etwas Abstand, der Dangl Wigg. Wieder denkt er an Kreuth, wieder denkt er an Tirol.

Dann wird er abgelenkt. Sie sind in der Eng; die Talwände rücken zusammen. Vor ihnen steht der Hansbauer. Hinter ihm die Felswand – unüberwindlich?

Der Zipfisepp will wieder auf ihn los, doch wieder hält ihn Sixtus zurück.

»Eines tät mich interessieren«, sagt er. »Was kriegst denn dafür, dass du uns drangibst?«

»Nix! Nix krieg ich – gar nix!«

»Dreißig Gulden ... Judaslohn!«, plärrt der Zipfisepp und stürmt los. Der Hansbauer weicht einen Schritt zurück – noch einen – noch zwei – er ist an der Wand ... er klettert, hoch und höher. Er hängt im Fels, aber die Luft geht ihm aus. Er will hinauf, unbedingt, nach droben, zur Sonne!

Sie sehen, wie er fällt.

»Wollt warnen ... warnen ...«, keucht er. Der Körper trifft auf den steinharten Boden. Der Hansbauer ist tot.

Sie schauen, ob er wie durch ein Wunder überlebt hat. Aber einen solchen Sturz überlebt kein Mensch.

»Wir reiten – sofort!«, befiehlt Sixtus nach einer Weile. »Der Moreau ist fällig!«

Der Stadtrichter ist vergessen, ebenso das Lösegeld. Es zählt nur noch der verhasste Stadtkommandant.

40

Eisiger Wind fegt durch die Gassen. Mitternacht ist lang vorbei. Der Sepperl hat sich wieder auf den Weg hinaus nach Sendling gemacht. Dick eingemummt stapft er durch den Schnee. Die Finger in den wollenen Fäustlingen, die ihm die Nanni gestrickt hat, hakt er unter die Träger des Rucksackes.

Diesmal ist er zuversichtlich, dass er dem Säger auf die Spur kommt. Nur deswegen hat er sich mit der Gassner Betty auf ein Techtelmechtel eingelassen; nix Großartiges, nix Ernstes. Vielleicht hat sie ihn von Beginn an durchschaut – dennoch hat er erfahren, was er wissen wollte: den geheimen Zufluchtsort vom Maxl, ihrem Bruder, dem Säger von Sendling.

Wie er so durch die Nacht wandert, denkt er an seine Partnerin. Denkt an Betty, die ein gutes Stück jünger ist wie sie. Wo er die Nanni doch inzwischen in- und auswendig kennt und halt manchmal eine gewisse Neugier auf andere Frauen verspürt.

Vielleicht einmal auswärts gehn, mit der Betty, ihr die Stadt zeigen und die Leut und die Kirchen und die Wirtshäuser und die Isar und alles andere ebenfalls.

Vermutlich hat auch die junge Frau ihre Eigenheiten, Sehnsüchte und Wünsche wie alle Frauen und Männer.

Was ist, wenn Betty sich teure Gewänder einbildet? Oder eine geräumige Wohnung am Schrannenplatz? Oder eine Schäsn, eine vornehme Pferdekutsche, wie man sie jetzt überall sieht? Oder gar ein eigenes Haus?

Dem Sepperl wird ganz anders, wenn er bloß dran denkt. Wer soll das alles bezahlen? Er selber hat kaum einen Kreuzer Geld im Sack, die Nanni auch nicht. Und endlich merkt er, wie gern er sie mag, seine Rote Nanni.

Jetzt steht er vor einer halb verfallenen Hütte, versteckt unter den Bäumen, abseits des Weges. Er verschnauft, hält inne und lauscht. Nichts rührt sich.

Ist wer da? Das einzige Fenster ist verhängt.

Vorsichtig schleicht er näher, vermeint den Schimmer einer Kerze hinter dem Fenstervorhang zu erkennen. Nein, da ist nichts. Ein Gespenst? Ein Untoter? Schmarrn! Ein Untoter braucht keine Hütte in Sendling, braucht keine Kerze ... Was braucht ein Untoter? ... Nur einen Sarg.

Er hockt auf einem Baumstumpf, packt die Brotzeit aus und wartet.

Nach einer Zeit nickt er ein.

Es dämmert bereits, als er hochschrickt. Die Hände klamm, die Beine in den Stiefeln halb erfroren. Er streckt sich und lauscht. Ein Stöhnen? Husten? Ein Fuchs oder Marder? Aber die husten nicht.

Was dann?

Er steht nun endgültig auf, schaut in die Bäume, blickt zur Hütte.

Lautes Stimmengewirr. Dazwischen Husten und Stöhnen. Endlich erkennt er eine Gestalt zwischen den Bäumen, die hinkt, fast kriecht. Dieser Mensch ist am Ende seiner Kräfte.

Der Sepperl geht ihm entgegen, vorsichtig zwar, sich jedoch seiner eigenen Stärke bewusst.

Der Mann fällt ihm in die Arme.

»Kann nimmer.«

Im Wald wütendes Geschrei.

»Komm«, sagt der Sepperl und zieht den Ächzenden zur Hütte. Der Mann wehrt sich schwach.

»Nicht.«

»Warum denn nicht?«

In diesem Augenblick rauscht eine brennende Fackel über sie hinweg und trifft das Dach. Feuer flammt auf. Die Hütte brennt lichterloh.

Fassungslos starren sie auf die Flammen.

»Sind hinter mir her«, keucht der Mann neben ihm. »Bringen mich um.«

»Wo willst denn hin?«, sagt der Sepperl, der inzwischen ahnt, wen er da vor sich hat.

»Wurscht«, keucht der Mann. »Nur fort.«

Während ein Trupp Männer, Gewehre und Prügel in der Faust, aus dem Wald herausbricht und auf die brennende Hütte zustürmt, schlägt sich der Sepperl mit seinem Schützling seitlich in die Büsche. Sie rumpeln bergab, mehr stolpernd und hinkend als gehend.

Bei einem Unterstand bleiben sie stehen, kriechen hinein, ziehen Äste vor sich, damit sie keiner entdeckt. Dann hocken sie auf dem Boden und der Sepperl hat Gelegenheit, sein Gegenüber in Augenschein zu nehmen.

Der Mann schaut furchtbar aus. Abgemagert, wirres Haar, vollbärtig, kaputte Stiefel und die Joppe ohne Knöpfe. Die beinlange lederne Hose ist vollständig ausgefranst. Seine Hände zittern ohne Unterlass.

Dieser Mann hat nichts mehr zu verlieren.

Der Sepperl reicht ihm ein Stück Brot und die Bierflasche. Der andere stopft das Brot in sich hinein, leert die Flasche in einem Zug. Er rülpst und schweigt.

Der Sepperl wartet geduldig. Nach einer Weile beginnt der Mann zu erzählen: »War beinah fertig. Beinah. Ein Balken hat noch gefehlt. Bloß einer noch. Und auf amal waren's da. Drei Männer. Einer hat mich mit seinem Prügel getroffen. An der Schulter. Bin davon wie der Teufel. Sind hinter mir nach. Einer hat geschossen, aber nicht getroffen. Und jetzt … und jetzt …«

»Und jetzt?«, sagt der Sepperl und wartet wieder.

»Aus ist's und gar ist's«, sagt der Mann. »Wenn die mich kriegen, hängen s' mich auf.«

»Warum gleich aufhängen?«

»Hast ja keine Ahnung«, sagt der Mann und kaut den Rest vom Brot.

»Keine Ahnung? Dann sag, was ist.«

»Der Vater hat mich geschlagen, immer wieder geschlagen, weil ich halt das nicht kann, was er wollen hat, nämlich Balken sägen, bohren, Bretter schneiden, zurichten. Bevor ich dir das erklär, mach ich es lieber selbst. Da weiß ich, was ich hab. So hat er geredet, der Vater. Und wenn ihm was nicht gepasst hat, hat er den Prügel geholt. Dann bin ich davon. Und jedes Mal, wenn er irgendwo ein Gerüst aufgebaut hat, hab ich s' in der nächsten Nacht angesägt, damit es gleich wieder zusammenkracht.«

»Hast nicht dran gedacht, dass was passieren könnt?«

»So weit hab ich nicht denkt. Erst wie die kleine Bärbel fast erschlagen worden wär, hab ich nachdenkt. Aber da war es schon zu spät. Da haben sie mich schon gejagt. Und wenn sie mich erwischen, hängen sie mich auf.«

Erschöpft lehnt sich der Mann zurück. »Sagst mir deinen Namen?«

»Der Maxl bin ich.«

»Vom Gassner?«

»Woher …«

»Von deiner Schwester.«

»Die Betty, die liebe gute Betty. Hat's mir oft gesagt, ich soll aufhören. Hab's nicht hören wollen.«

Der Sepperl wartet, sagt dann behutsam: »Bist der Säger von Sendling, gell?«

»So haben s' mich getauft. Der Säger von Sendling. Ein Gnom. Ein Untoter.«

»Bist ein Untoter?«

»Untote haben keine Angst. Ich schon.«

Eine lange Pause tritt ein, während der Tag heraufzieht und es wieder zu schneien beginnt.

»Komm«, sagt der Sepperl.

»Wohin?«

»In die Stadt.«

»Niemals nicht!«

»Willst lieber an einem Baum hängen, wo dich die Leut angaffen?«

»Das nicht …«

»Also.«

Der Sepperl geht voraus, schaut links und schaut rechts, sichert den Weg, bis sie vom Sendlinger Berg herunten sind und keine Gefahr mehr besteht.

»Was glaubst, was mit mir passiert?«

»Wir gehen zum Stadtrichter Fuchs«, sagt der Sepperl, »der entscheidet, was wird mit dir.«

»Muss ich sterben?«

»Wenn du alles zugibst und für den Schaden aufkommst, dann vielleicht nicht.«

»Versprichst mir das?«

»Nein. Und jetzt komm.«

41

Während der Stadtrichter zu seinem morgendlichen Spaziergang aufbricht, spricht Franziska mit Katharina.

»Mutter, versteh doch, ich wollte dich mit der Nanni nicht hintergehn.«

Katharina betrachtet sie zweifelnd. »Aber …«

»Mutter, ich versprech's, dass ich das nächste Mal gleich zu dir komm, wenn ich Schmerzen hab.«

Katharina nickt. »Mach dir auch einen guten Bauchwehtee«, sagt sie, noch immer eingeschnappt.

»Aber das weiß ich doch …« Mit diesen Worten fasst Franziska die Hände der Mutter und drückt sie fest: »Alles wieder gut?«

»Ja, ja, bist halt doch meine Tochter.«

In diesem Moment geht die Tür auf und Mitzi kommt herein, die Augen noch voller Schlaf. Sie setzt sich in voller Montur an den Tisch.

»Hast vergessen«, sagt sie zu Franziska, »dass wir heut Vormittag noch beim Janoschak vorbeischauen wollen?«

Franziska schrickt auf. »Und zum Valentin wollt ich auch. Heut ist in Schwabing der große Gauklertag. Da gehn wir alle hin.«

Mitzi lacht. »Ich geh mit. Das wird famos. Komm, Franziska, komm, die Sonne scheint. Es wird ein lustiger Tag.«

Katharina schaut den beiden nach, wie sie kichernd davonstürmen. So jung müsste man noch einmal sein, denkt sie dabei, so jung und so voller Zuversicht.

*

Wenig später sitzen sie in Janoschaks Buchladen. Er hat einen Tee aufgebrüht und bereits gestern einen Gugelhupf gebacken, weil er sich auf die Madln freut. Jetzt sind sie da, die Mitzi und die Franziska, naschen vom Kuchen, trinken den Tee und lauschen seinen Worten. Er hat einen Packen beschriebene Blätter vor sich auf dem Tisch liegen und greift danach.

»Die verlorene Unschuld«, liest er. »Ich weiß nicht, ob das ein guter Titel für dein Buch ist, Franziska. Wir müssen den Klerus bedenken, den Magistrat, den Liebfrauenbund. Und die Franzosen. Keine Frau schreibt Romane.«

»Doch – Sophie von La Roche.«

»Stimmt«, nickt Janoschak beeindruckt. »Aber Madame La Roche hat Bildungsbücher verfasst und keine Romane.«

Er nimmt ein Stück vom Gugelhupf und beißt hinein. Er ist ihm diesmal wirklich gut gelungen.

»Wir brauchen einen anderen Titel. Vielleicht etwas Unverfängliches, etwas Einfacheres ... ach ... der größte Feind der Poesie ist der gesunde Menschenverstand, heißt es beim alten Goethe. Und deshalb -«

In der Tür steht plötzlich die voluminöse Metzgermeistersgattin Georgine Urgibl in einem nicht mehr ganz weißen Metzgerkittel. Die schwergewichtige Frau hat, zusammen mit ihrem Mann, die Blut- und Leberwurst-Delikatessenhandlung schräg gegenüber. Ihr Gesicht ist puterrot.

»Habn mir doch die Hundskrüppel, die Franzosen, glatt meine Handwürscht gstohlen – kannst dir das vorstellen, Janoschak? Einfach gstohlen! Das darf doch nicht wahr sein, oder?«

»Nein, Georgine«, sagt Janoschak verdrossen, weil er lieber über den Romantitel nachdenkt als über gestohlene Handwürscht.

»Stimmt. Das darf nicht sein. Aber was willst machen?«

Die Urgibl erspäht den Gugelhupf und schiebt sich ein großes Stück in den Mund. »Die, wenn ich erwisch!«, mampft sie und verschwindet wie Ariel der Luftgeist, nur ein paar Pfund schwerer.

»Handwürscht …«, sinniert Janoschak. »Handwürscht … in der Hand – nein – auf der Hand – nein: von der Hand in den Mund … ich hab's: Von der Hand in den Mund – die Lebensgeschichte der Mitzi Griesbeck: Ein Roman von Franzi Fuchs.«

Franziska hört mit offenem Mund zu. »Franzi?«, sagt sie heftig. »Franziska muss das heißen. Franziska, nicht Franzi. Und auch nicht Franz.«

Der Alte hebt leis den Finger. »Meinst nicht, es ist besser, da steht fürs Erste ein Männername?«

»Aber …«

»Stell dir vor«, sagt er, »wie gut das auf dem Titelblatt ausschaut: Franzi Fuchs.«

»Na ja …«

»Und erst im Wochenblatt. Das Wochenblatt wird im ganzen Königreich gelesen. Dann bist berühmt. Dann kannst dich hinstellen, kannst sagen, wer du in Wirklichkeit bist: nämlich eine selbstbewusste junge Frau, eine *Schriftstellerin.* Der Name hat Gewicht. Ich bin die Schriftstellerin Franzi Fuchs! Und erst dann können sie dir nix mehr anhaben, die ewigen Neidhammel und Kritikaster.«

»Ich glaub«, sagt Mitzi, die bisher geschwiegen hat, »der Meister Janoschak hat recht.«

Noch zweifelt Franziska. »Das hört sich ja alles gut und bündig an. Aber wie kommt mein Roman zum Wochenblatt?«, will sie wissen.

Der Alte antwortet mit einer Gegenfrage: »Wie weit bist denn?«

Franziska überlegt nicht lange: »Vielleicht neunzig Seiten.«

Janoschak neigt das Haupt. »Neunzig Seiten für ein ganzes Leben?«

»Bin erst dreißig Jahr alt«, insistiert Mitzi und bekommt dafür einen dankbaren Blick von Franziska.

»Ich schreib noch neunzig – mindestens«, sagt Franziska schnell.

Janoschak reicht ihr die Hand. »Schlag ein, Frau Schriftstellerin. Ich schau mich um nach einem Verlag. Und wenn dein Roman auf diesem Tisch liegt, dann schreib ich eine gute Rezension für das Wochenblatt – versprochen!«

Jetzt ist sie zufrieden, die frischgebackene Schriftstellerin.

Janoschak schaut zu Mitzi. »Hast du auch schon was gelesen?«

»Kann doch nicht lesen.«

»Stimmt – aber Franziska hat dir alles vorgelesen?«

»Nicht alles … aber fast.«

»Und?«

»Bin zufrieden«, sagt Mitzi bescheiden.

Was soll sie auch sagen? Niemals hätte sie daran gedacht, dass aus ihrem Leben, das Leben eines einfachen Mädchens, eine Erzählung wird, gleich gar ein Roman. Sie kann es sich einfach nicht vorstellen, noch nicht, das Buch in den Händen zu halten. Ein Werk mit ihrer Lebensgeschichte zwischen zwei Buchdeckeln – wo sie doch nicht lesen kann.

»Ich lern's!«

»Was?«

»Lesen. Ich will Lesen lernen«, sagt sie mit fester Stimme. Franziska nickt dazu.

»Aber erst gehen wir heut zum Gauklertag, hinaus nach Schwabing«, fährt sie fort. »Und ab morgen wird gelesen.«

»Gauklertag?«, sagt Janoschak. Das Wort kugelt in seinem Hirnkasten herum. Könnte interessant werden, der Gauklertag in Schwabing. Vielleicht findet man die eine oder andere Erstausgabe bei einem fliegenden Händler – peut-être … vielleicht.

»Ich geh mit«, sagt er heiter und steht auf.

42

Auf dem großen Platz hinter dem Schwabinger Tor ist am Vormittag schon allerhand los.

Ein französischer Musikus, unschwer zu erkennen an seiner Kleidung, baut soeben sein *clavecin brisé*, ein zusammenklappbares Reisecembalo auf. Es ist ein einfaches, dennoch reich verziertes Musikinstrument. Er rückt seine Wollkappe zurecht, reibt die Hände aneinander, um sich aufzuwärmen, und verbeugt sich kurz.

»Le jongleur danse … Der Gaukler tanzt!«, ruft er mit einer anmutigen Verbeugung. Er setzt sich und beginnt eine heitere Melodie zu spielen, die sogleich zum Tanzen einlädt. Ein junges Pärchen dreht sich bald dazu, andere Paare folgen.

Im weiten Rund bieten Messerschleifer ihre Dienste an; ein dunkelhäutiger Mann mit einem schwarzen Vollbart führt einen kleinen Bären am Nasenring herum; drüben zeigt ein Feuerschlucker seine Künste.

Ein Mädchen verkauft Lose für eine Tombola. Gleich daneben ist ein Pferdekarussell aufgebaut. Und – fast unbemerkt – dressiert ein Dompteur seinen Flohzirkus.

Nicht weit davon wird Bier und Branntwein ausgeschenkt. Der Duft gebratener Würste liegt in der Luft – Metzgermeister Urgibl und sein Weib werkeln fleißig.

Kaspar und Katharina Fuchs, Franziska, Mitzi und Meister Janoschak, Therese Stroh und Raymonde – den Franziska erstaunt als ihren Retter im nächtlichen Scharwinkel erkennt – sind da.

Jetzt kommt auch der Sepperl mit der Roten Nanni. Den Balsam-Bene haben sie im Schlepptau. Sogar der Zwickermann vom Sendlinger Tor lässt sich sehen.

Alle sind gekommen, alle sind sie da.

Nur … Franziska schaut und schaut, aber ihr Verlobter, der Valentin … Wo steckt er? Er wollte doch kommen, zur ausgemachten Zeit … Was ist passiert?

Ein lautes Signal ertönt. Die Leute schauen neugierig nach dem Klang. Um die Ecke marschiert ein Dudelsackbläser und dudelt wie verrückt. Dabei springt und hüpft er herum, als hätte er Hornissen im Gesäß.

Franziska reibt sich die Augen.

Das ist doch … du glaubst es nicht … das ist tatsächlich der Valentin … ihr Verlobter Valentin Ransmair!

Franziska winkt, aber Valentin ist ganz und gar mit dem Dudelsack beschäftigt.

Hinter ihm marschiert Baron Sulzbeck mit seiner Bande daher. Sie verscheuchen die Tänzer, weil sie Platz für ihren Auftritt brauchen.

Das Cembalo schweigt.

Neben Valentin stellt sich Canapé, der Violinspieler, in Positur – diesmal ohne Instrument.

»Hochverehrtes Publikum!«, ruft er.

Die Leute werden still. Was kommt jetzt?

»Hochverehrtes Publikum, wir bringen heute ein neues Lied zur Uraufführung … zur Welt-Ur-hinauf-führung! Bei diesem Werk handelt es sich um nichts Geringeres als quasi und fast schon um eine Arie. Die umwerfende Komposition trägt den ebenso umwerfenden Titel …«

»So ein Schmarrn!«

»Anfangen, du Bratlgeiger!«

»Singa, net redn!«

»… den ebenso umwerfenden Titel Crambambuli.«

»Was solln das sein?«

»So ein Schmarrn!«

»Bambali? Ist das ein Schnaps?«

»Nein, a Ratzngift!«

»Wacholder?«

»Ruhe, Herrschaften, Ruhe!«, plärrt der angeheiterte Sänger. »Extrig für den heutigen Gauklertag, und extrig zwengs euch haben wir unserem gewaltigen Arrangschemang eine neue, ich tät fast sagen, eine exklusive neue poetische Strophe drangehängt, die wo mir nun zum gefälligsten Gehör zu bringen bedanken … gedenken.«

»Zeit wird's!«

Valentin bläst den Dudelsack an. Die ersten Töne quellen aus dem Ziegenbalg. Er drückt ihn mit einem Arm gegen den Körper. Die Pfeifen eröffnen die Melodie.

Der Sänger hebt die Arme, beginnt zu singen; auswendig beherrscht er den Text: »Na-po-le-on, das ist ein kleiner dicker Mann – der uns am Arsche lecken kann … Toujours gaillard, et sanc souci, c'est ordre Crambambuli …«

Der französische Cembalospieler steht da, mit offenem Maul. Und klatscht und klatscht und hüpft vor Vergnügen.

»Leute, der Text ist ganz einfach zum Mitsingen«, schreit Canapé. »Na-po-le-on, das ist ein kleiner dicker Mann – der uns am Arsche lecken kann.«

»Lecken kann … lecken kann …«, dröhnt es über den Platz.

Die Leute sind wie verhext. »– der uns am Arsche lecken kann.«

Die Worte »am Arsche« finden dabei eine besonders ausgeprägte Lautstärke.

Plötzlich steht Stadtkommandant Moreau vor Canapé und dem Dudelsackspieler. Entsetzt nimmt Franziska die

Hand vor den Mund. Wird ihr Valentin wieder eingesperrt?

Hinter Moreau trottet der Gendarm Ruederer daher. Man sieht ihm an, wie unangenehm ihm die Situation ist.

»Verhaften Sie den Mann!«, befiehlt Moreau und deutet auf Canapé. Sein Finger schwingt weiter zu Valentin: »Den auch!«

Der arme Ruederer schwitzt. »Ich versteh nix.«

»Que dit-il?«

»Ich versteh gar nie nix, Herr Moro. Es is zu laut.«

Der Stadtkommandant zieht den Säbel. »Verhaften!«, brüllt er mit hochrotem Kopf. »Alle!«

In diesem Augenblick nähert sich eine zierliche Person. Sie trägt eine neuartige, eng anliegende Trikotage in schillernden Farben, die ihre Figur betont. In den Händen hält das Mädchen – es ist wenig älter als zwanzig Jahre – fünf verschiedenfarbige Lederbälle. Damit beginnt sie zu jonglieren.

Moreau ist fasziniert von ihr. Ihm gefällt, wie die Maid sich bewegt, wie sich anmutig die Brüste heben, wie sie die Knie beugt, mit den Kugeln eine Figur nach der anderen jongliert.

Die Bälle fliegen nach links, nach oben, unten, bilden eine Kaskade, eine Säule, eine Fontäne.

Der Stadtkommandant schnalzt mit der Zunge.

»Le jongleur danse ... Der Gaukler tanzt!«, ruft jetzt der Musikus aus dem fernen Frankreich und bedient sein Cembalo.

Derweil schleichen der Canapé und der Dudelsackpfeifer still und heimlich davon.

*

Die schwarze Gretl hockt im Gras und wartet. Sie sinkt zurück, sträubt sich, doch dann schläft sie ein. Es war eine lange Nacht gewesen.

Sie schreckt hoch. Wie viel Zeit ist vergangen? Die Sonne steht bereits tief. Wolken ziehen auf, der Nebel senkt sich über das Land. Ein Ruf.

»Gretl?«

Gretl springt auf. »Hier!«

Langsam reiten sie heran, nach allen Seiten sichernd. Sixtus Grindler, der Zipfisepp, und, mit weitem Abstand, der Dangl.

Ihre Bewaffnung auf diesem Feldzug ist geradezu jämmerlich: eine Vorderladerpistole, ein Sappie, ein zusammengenagelter Morgenstern.

»Ist das alles, was ihr habt?«, sagt Gretl, während die Männer absitzen.

»Alles«, knurrt Sixtus.

»Kein Gewehr, kein Säbel, kein Schwert – nicht einmal ein Helm?«

»Nein.«

»Besser«, sagt sie, »ihr dreht um.«

»Mein ich auch«, nickt der Dangl Wigg. Er reibt sich den Hintern. Die Reiterei ist nix für ihn. Immer muss er an Tirol denken, immer wieder.

»Aufgeben?«, bellt Sixtus. »Aufgeben kommt nicht infrage!«

Gretl sattelt ihr Ross. »Die Franzosen hauen euch in Stücke, wenn sie euch erwischen.«

»Die erwischen uns nicht!«, sagt Sixtus. »Los!«

»Gleich«, sagt der Dangl. Er hat sich entschieden: »Ich muss noch mal für kleine Buben …«

»Schick dich!«, befiehlt Sixtus und stürmt los.

Der Dangl wartet, bis er sie nicht mehr sieht. Er wendet sich dem Wald zu und verschwindet zwischen den Bäumen. Er nimmt sich keine Zeit. Der Gaul muss herhalten, bis er über der Grenze ist – dann erst können sie ausruhen.

*

Beim Weiler Göggenhof hinter dem Dorf Aying gerät er in eine französische Patrouille.

Sie sehen den Morgenstern und fragen nicht.

Um Mitternacht begibt sich Ludwig Dangls Seele auf die Reise hinauf zum Himmel oder hinab ins Fegefeuer ... wer weiß das schon.

43

Vor dem Schwabinger Tor werden die Lampen entzündet. Die zahlreichen Menschen bemerken einen Harlekin, der offenbar der italienischen Commedia dell Arte entsprungen ist. Mit dem von Flicken übersäten Kostüm, in den Farben rot, gelb und blau, geht er von Mann zu Mann, bleibt vor einem Buben stehen, stupst ihm die Nase; das Kind rennt schreiend davon; er zieht weiter, verbeugt sich galant vor einem verblühten Fräulein, das begeistert applaudiert – nun wendet er sich seiner Partnerin, der biegsamen jungen Jongleurin zu, die aus dem Hintergrund herbeigetanzt ist und ihn mit beiden Armen umfasst.

Mit dem Stiefelabsatz drischt Baron Sulzbeck den Takt einer flotten Polka in den Boden, dass seine rote Nase hüpft und springt.

Das Bombardon wummert. Meister Canapé ist wieder da und fiedelt auf der Violine. Bacher, der Harfenspieler, traktiert sein umfängliches Instrument. Und Valentin Ransmair entlockt dem Dudelsack gar wunderliche Töne.

Der Harlekin hebt die Hand. Die Musik bricht ab. Er sagt ein paar Worte zum Sulzbeck. Eine neue Melodie begibt sich auf die Reise: Eine *Allemande*; ein Deutscher Tanz von Wolfgang Amadeus Mozart.

Die Menschen sind gebannt von dieser meisterhaften Klangwelt.

Bloß der Sulzbeck schwitzt sich fast zu Tode, weil er keine Noten hat und alles nach Gehör spielen muss …

*

Die schwarze Gretl erreicht das Schwabinger Tor. An einem Pfosten bindet sie das Ross an.

Sie späht über den Platz, sieht den Bärentreiber, hört die Musik, beobachtet die Maid, die wieder jongliert. Dazu tanzt der Harlekin.

Der französische Stadtkommandant Moreau unterhält sich zwanglos, mit einem Glas Wein in der Hand, mit Münchner Bürgern. Die schwarze Gretl bemerkt den Stadtrichter mit seiner Familie, bemerkt den Finessensepperl, den Balsam-Bene ... Wo ist Centa Grindler, Sixtus' Mutter?

Da – sie steht abwartend im Hintergrund.

Noch ist es ein heiterer Abend. Keiner ist auf das Blutbad gefasst, das Sixtus und der Zipfisepp anrichten wollen.

Niemand!

Plötzlich wird Gretl von einer schlimmen Ahnung erfasst: Was tut sie hier? Worauf hat sie sich da eingelassen? Sie ist ein unbescholtenes Weib, unbewaffnet – noch kann sie gehen, noch kann sie fliehen, kann sich ungesehen aus der Affäre ziehen ... noch ist Zeit!

Zu spät.

Sixtus steht zu ihrer Linken. Der Zipfisepp, den Sappie unter dem Fellmantel verborgen, zu ihrer Rechten.

*

Doktor Ottlinger plaudert mit Kaspar Fuchs. Tochter Franziska turtelt mit dem Dudelsackspieler. Der Zwickermann ratscht mit dem Bücherwurm Janoschak. Die Metzgermeistersgattin Urgibl wirft eine neue Runde Würscht auf den Grill, dass die Funken stieben. Das Bier fließt in Strömen.

In diesem Augenblick steigt ein eigenartiger Mensch auf eine Kiste. Er trägt einen Zylinder, eine schäbige Wolljacke über dem schwarzen Frack und Schaftstiefel.

»Das ist neu!«, schreit er. »Das hat noch keiner nicht gesehn! Das ist die Weltsensation! Ich zaubere aus meinem Zylinderhut einen riesigen Elefanten hervor!«

»So ein Schmarrn!«

»Wer's glaubt!«

»Ich hab noch nie keinen echten Elefanten net gsehn.«

»Ruhe, Herrschaften, Ruhe!«, plärrt der Künstler.

Franziska wird aufmerksam. »Die Stimme kenn ich doch …?«

Der Magier hebt die Arme. »Je mehr Futtergeld ich von euch krieg, desto größer wird er, mein elefantöser Elefant.«

Damit zeigt er auf einen Tiegel, der vor ihm steht – schnell ist der Tiegel voller Münzen; die Menschen warten neugierig auf das Erscheinen des Tieres.

Der Zauberer leert die Münzen in seine Tasche und stellt den Tiegel weg. Dann ruft er mit kreischender Stimme, die laut über den Platz hallt: »Tabali Atuka Montelli – Kissam balatta Memoriam Bumbumm!«, und zieht ein kleines Stofftier aus dem Zylinder, das nur mit sehr viel gutem Willen eine Ähnlichkeit mit einem Dickhäuter hat.

»Der Demlinger!«, schreit Franziska mit ausgestrecktem Finger und rennt los. »Das ist der Demlinger, der Hundsfott!«

Der Hundsfott sieht Franziska auf sich zukommen. Er packt den Elefanten in den Zylinder, springt von der Kiste und will davon.

Valentin drischt ihm den Ziegenbalg samt den Pfeifen um die Ohren, dass es kracht. Während Demlinger auf Händen und Füßen die Flucht ergreift und dabei das ergaunerte Geld verliert, klatschen die Leute.

Gleich darauf ist von den am Boden liegenden Münzen nichts mehr zu sehen.

Sixtus nutzt die entstandene Verwirrung. Blitzschnell nähert er sich Moreau. Zückt die geladene Pistole, wird aber vom Zipfisepp zu Boden gestoßen, der mit verzerrtem Gesicht auf den Franzosen eindringt.

Sixtus springt auf, ein Schuss löst sich. Der Zipfisepp, den erhobenen Sappie in der Faust, erstarrt in der Luft wie ein Denkmal.

Sixtus verliert die Waffe. Für einen Augenblick hat er keine Übersicht. Moreau stürzt davon.

Sixtus will ihm nach, seine Mutter hält ihn auf: »Bub … Sixtus, was machst denn …? Hör auf … hör doch auf … Bub!«

Weinend sinkt sie in die Knie. Der Bub fasst die Pistole. Will schießen, vergisst aber, dass er nachladen muss.

Der Sepperl bahnt sich einen Weg durch die kreischende Menge. »Gib auf«, sagt er ruhig. »Es is vorbei.«

Die Hand, die den Revolver hält, sackt herab.

Sixtus starrt auf den toten Zipfisepp, auf die weinende Mutter, auf den Sepperl, auf die Leute um ihn herum; fassungslos stiert er den Gendarm Ruederer an, der ihm Fesseln anlegt. »Ja«, sagt er leise, »es is vorbei.«

*

Doktor Ottlinger kniet bei Centa Grindler, die zusehen muss, wie ihr Bub abgeführt wird. Sie kann es nicht fassen, was gerade passiert ist. Instinktiv sucht sie nach einem Schuldigen, denn sie selber, davon ist sie überzeugt, hat immer alles richtig gemacht.

Sie kann, bei der Schwarzen Madonna von Altötting, nix dafür, dass der Bub auf die schiefe Bahn geraten ist. Sie kann nix dafür, dass er zum Mörder geworden ist.

Sie kann einfach nix dafür.

Centa Grindler ist ein braves Weib, das jeden Sonntag die heilige Messe besucht. Die ihr Lebtag lang still und ergeben ihre Pflichten im Hause Fuchs erfüllt hat. Die den Buben erzogen hat, wie es die christliche Lehre verlangt.

Sie schüttelt sich. »Ich bin's nicht!«, schreit sie zum Himmel.

Wer aber dann?

Ihr wirrer Blick findet die Rote Nanni. Ja. Die Hexe trägt an allem Schuld. Sie hat ihren Buben, den armen Sixtus, verhext. Sie hat den bösen Blick. Den bösen Hexenblick hat sie, die Nanni. Jeder kann es sehen, der es sehen will. Dafür wird sie büßen. Mit ihrem Leben wird sie büßen, dass Sixtus zum Mörder geworden ist.

Centa will hoch, kippt und fällt kraftlos in die Arme des Arztes.

Im gleichen Augenblick tritt Herr Canapé, des Sulzbecks Violinist und Sänger vor das Publikum.

Ruhig stellt er sich in Positur. Gleich erfüllt sich sein lang gehegter Lebenstraum. Er singt ein Stück aus »Figaros Hochzeit« von Wolfgang Amadeus Mozart: »Voi Che Sapete ...«

Die Menge steht wie verzaubert unter dem wolkenlosen Sternenhimmel und lauscht dem wundervollen Klang.

Epilog

Maximilian Gassner, der Säger von Sendling, ist nach vier Jahren freigekommen. Weil der Vater inzwischen verstorben ist, hat er die Zimmerei übernommen und arbeitet, so gut er kann, den angerichteten Schaden auf.

Betty Gassner hat einen erfolgreichen Münchner Kaufmann geehelicht, der mit Salz handelt. Das zweite Kind ist unterwegs.

Was den Kapellmeister Sulzbeck angeht, so ist überliefert, dass er auf dem Sterbebett nicht nur seine Nase der Anatomie vermacht hat.

Der weibernarrische Augustinerpater Demlinger ist auf Nimmerwiedersehen verschwunden. Gerüchteweise hört man, dass er als Knochensammler auf Napoleons Schlachtfeldern unterwegs ist.

Manchmal, wenn Katharina Fuchs bei ihrer Stickerei sitzt, denkt sie an ihn. War ein ansehnlicher Mann, der Bonifazi, aber eben auch ein gottloser Mensch.

Die schöne Adela aus der Vorstadt Haidhausen arbeitet weiter als Waschermadl. In der Auer Lohstraße Numero drei beim Pfandl und beim Koller herrscht wieder friedliche Eintracht – bis zum nächsten Unwetter.

Centa Grindler, die gute Seele des Hauses Fuchs, ist fortgezogen. Sie hat die Schmach nicht erdulden können, dass ihr Sixtus zum Mörder verkommen ist. Beim Abschied hat sie geweint. Eine neue Köchin hat Franziska bisher nicht eingestellt. Vielleicht kocht sie wieder selber. Früher hat sie das gern gemacht, und wenn ihr Mann unterwegs ist, hat sie ausreichend Zeit dafür.

Franziska trägt mittlerweile den Namen Ransmair. Einen gesunden Buben hat sie auf die Welt gebracht. Sie haben ihn auf den Namen Ferdinand, den Beschützer, taufen lassen. Gerade hat sie ihren ersten Roman veröffentlich. Der Titel lautet »Die gestohlene Unschuld der Maria Griesbeck« und ist von der Kritik wohlwollend aufgenommen worden. Oft sitzt sie beim alten Janoschak im Eisenbrechergassl und berät sich mit ihm. Zusammen mit Mitzi arbeitet sie an der Fortsetzung.

Stadtrichter Fuchs führt seine Prozesse wie eh und je und spricht zunehmend mildere Urteile. Die Spielkarten hat er verbannt.

Der Finessensepperl aber, bekannt als Münchens Postillon d'Amour, trägt weiterhin pikante Briefe aus.

Das Lesen hat er fast schon gelernt. Aber das bleibt unter uns!

ENDE

ANHANG
GLOSSAR

Quelle:
Helmuth Stahleder; Haus- und Straßennamen der Münchner Altstadt (Verlag PH.C.W. Schmidt, Neustadt/Aisch)

Angerplatz	heute St. Jakobsplatz
Augustinerstock	heute Teil der Löwengrube
Brunngasse	heute Kapellenstraße
Eisenbrechergassl	heute Kapellenstraße
Hansbauern-Anwesen	beim Knoll, Martin-Luther-Straße, Vorstadt Giesing
Kuhgassl	heute Salvatorstraße
Naglergassl	heute Thiereckstraße
Scharwinkel	heute nicht mehr vorhandener Teil der Dultstraße
Schergengassl	heute Maderbräustraße

Spitalergasse	heute Teil vom Viktualienmarkt
Weinwirtschaft »Zum Bögner«	seit 1782, ehemals Tal 72

*

Franz. General Jean-Victor Moreau
(1763-1813) Sieger der Schlacht bei Hohenlinden am 3. Dezember 1800

Johann Dominicus Quaglio
(1787-1837) einer der bedeutendsten Architekturmaler der deutschen Romantik, Theatermaler, Lithograf und Radierer.

*

Tschako	Polizeihelm, aus Filz oder Leder
Zeiserlwagen	Gefängniswagen, Polizeiwagen zum Transport von Häftlingen
Dotschenkotelett	Gericht von Steckrüben
Zidriwurz	Hauswurz
Podagra	Arthritis urica, Gicht
Reißmathias	Rheumatismus
Pharisäer	Gesüßter Kaffee, brauner Rum und eine Haube aus Schlagsahne

Malakoff-Torte	Eine Torte, die typischerweise nur aus Löffelbiskuits und Creme mit Rum zubereitet wird.
Biskotten	Löffelbiskuit
Zarenkaffee	Starker Espresso mit einer Haube aus gezuckertem, gesprudeltem Eidotter
Maria-Theresia Mokka	Doppelter Mokka, verfeinert mit französischem Orangenlikör und Schlagsahne. Mitunter wird auch Weinbrand hinzugefügt.
Zoll	24,3216 mm
Bamberger Elle	21/2 Schuh = 66,77 cm
Schusterkugel	Ein mit Wasser gefüllter farbloser Glaskolben in Kugelform, der von Handwerkern und Wissenschaftlern zur Bündelung von diffusem Licht (Sonne, Gas- oder Öllampe) genutzt wurde. Auf diese Weise konnten auch die lichtschwachen Stunden des Tages während der Dämmerung zur Arbeit genutzt werden.

Dritteldirn	Auf einem Bauernhof gab es mehrere »Dirn«. Die vornehmste war die Oberdirn, dann kam die Mitterdirn, hierauf die Dritteldirn.
Haberngoaß	Dämonengestalt in Form einer Ziege mit Pferdehufen oder eines Vogels, der die Stimme einer Ziege hat
Roggene Nudeln	Einfaches Gericht aus Mehl, Sauerteig, Butterschmalz
»Voi che sapete«	Ital.: »Ihr, die ihr wisst« (Mozart: »Nozze di figaro«)
Knochensammler	Die Knochensammler lasen einen Teil der Überreste von Napoleons Opfern auf und verkauften sie als Rohstoff für Dünger.

Personen

Joseph Huber	Finessensepperl
Die Rote Nanni	seine Freundin
Baron Sulzbeck	Kapellmeister
Kaspar Fuchs	Stadtrichter zu München
Katharina Fuchs	seine Gattin
Franziska Fuchs	beider Tochter
Centa Grindler	Köchin im Hause Fuchs
Sixtus Grindler	ihr Sohn
Martin Moreau	Franz. Stadtkommandant
Bonifazius Demlinger	Augustiner-Pater
Balsam-Bene	Wunderheiler
Janoschak	Antiquar und Bücherschätzer
Pfandl Franz	Schreinermeister; Auer Lohstraße 3
Pfandl Erna	sein Weib
Koller Hans	Schneidermeister; Auer Lohstraße 3
Koller Walburga	sein Weib
Therese Stroh	Auer Lohstraße 3

Hansbauer	Ökonom aus Giesing
Doktor Pfleglein	Professor
Zwickermann	Geldverleiher
Maximilian Gassner	der Säger von Sendling

Literaturnachweis

Zitierte Werke:

S. 32 Friedrich Gottlob Klopstock: »Die Auferstehung«

S. 82 »Heut san ma lustig« Tanzlied aus der Zeit vor dem 1. Weltkrieg.

S. 182 Zitat von Otto Julius Bierbaum

Leonhard Michael Seidl im Gmeiner-Verlag:

Polizeikommissär Klemm ermittelt:

1. Fall: Schwarzer Regen Rotes Blut
ISBN 978-3-8392-2857-9

2. Fall: Tod unter der Steinernen Brücke
ISBN 978-3-8392-0515-0

Finessensepperl
ISBN 978-3-8392-0874-8

GMEINER SPANNUNG

WWW.GMEINER-VERLAG.DE
Wir machen's spannend